Martin Lechner
Nach fünfhundertzwanzig Weltmeertagen

Martin Lechner

Nach fünfhundertzwanzig Weltmeertagen

Erzählungen

Residenz Verlag

Bibliografische Information der Deutschen Nationalbibliothek
Die Deutsche Nationalbibliothek verzeichnet diese Publikation in der Deutschen Nationalbibliografie; detaillierte bibliografische Daten sind im Internet über http://dnb.dnb.de abrufbar.

www.residenzverlag.at

Umschlaggestaltung: www.boutiquebrutal.com
unter Verwendung eines Fotos von Arthur Tress
Typografische Gestaltung, Satz: Lanz, Wien
Lektorat: Jessica Beer
Gesamtherstellung: CPI books GmbH, Leck - Germany

ISBN 978 3 7017 1666 1

Für alle.
Und dich.
Ahoi.

Inhaltsverzeichnis

Mainz

Das Gesicht zerstochen von sechsundvierzig Mücken, oder von einer Mücke, die sechsundvierzig Mal zugestochen hatte, betrat er das Hotel Hammer am Bahnhof in Mainz. Sogleich bemerkte er die leichte Kuhle in der Mitte des Empfangsteppichs. Behutsam trat er näher und tippte mit der Spitze seines heute morgen wie wahnsinnig auf Hochglanz gewienerten Schuhs hinein. Das hohl in der Tiefe verhallende Geräusch schien ein menschengroßes Loch anzudeuten. In diesem Augenblick schlug die Rezeptionsdame mit der flachen Hand auf den Tresen und lachte schrecklich laut ins Telefon.

Schäfersee

Wenn er nicht von diesem Koffer gehört hätte, der an seinem Ufer abgestellt worden war, ein Koffer mit einem Kopf darin, dann hätte er gar keine Hoffnung mehr gehabt. Wer nämlich sah, wie all diese Gestalten, die ihr Haltbarkeitsdatum sichtlich überschritten hatten, den Seeweg entlangzockelten, vorbei an der vermoosten Minigolfanlage und dem Kaffeetantencafé, der so genannten Geisterbahn, der musste aufpassen, dass ihm das Leben vor lauter Langeweile nicht einfach erlosch. Wenn es nur bald noch so einen Lichtblick geben würde. Es mussten ja nicht immer gleich Köpfe sein. Auch Hände wären schon schön gewesen. Oder zumindest ein Finger. Doch davon hörte man nichts, leider. Immerhin häuften sich die Überfälle. Meist waren es nur jugendliche Messerfuchteleien ohne das kleinste bisschen Blut. Aber einige der Opfer hatten auch auf allen Vieren davonkriechen müssen. Einer war dabei sogar so nah ans Wasser gekommen, dass er, der See, als der Alte seinen Kopf reckte, um, gespiegelt im Wasser, noch einen letzten Blick auf sein zertrümmertes Gesicht zu werfen, sein Todesgefasel zu hören bekam. Irgendwas von wegen kurzes Leben, wenig Liebe, zu viel Arbeit. Der See aber lag lauernd da, totenstill, ein schwarzer Spiegel. Da lösten sich die ersten roten Tropfen aus dem Gesicht und zerplatzten auf der Wasserfläche. Langsam sank dem Mann der Kopf herab. Doch als er schon die Stirn ins Wasser getunkt hatte, bereit, gleich vollends darin zu ertrinken, kam aus dem Café eine Tante hergehastet und zerrte ihn, fiepend vor Anstrengung, ans Ufer zurück. Schade, jammerschade. Wenigstens hatte der See wohl einen nicht ungefährlichen

Eindruck hinterlassen. Andererseits, wer ihn so sah, wenn die Enten auf seinem Rücken wippten und die Alten ringsherum plappernd auf den Bänken hockten, mit ihren lilafarbenen Wolkenfrisuren, mit den ausgeleierten Wangentaschen, der ahnte nicht im Traum, was für Gedanken ihn durchströmten. Er wusste gar nicht, wann es schlimmer war, tags oder nachts. Tags erweckte er offenbar bloß den Eindruck eines arglosen Tretboottümpels, den man gar nicht groß beachten musste, da er niemanden verschlucken und verschlingen und vernichten konnte. Nachts hingegen, wenn er als pechschwarze Tinte des Grauens daliegen könnte, dann leuchteten die Laternen, diese verhassten Laternen. Sie umzingelten ihn. Es war kaum auszuhalten. Ihre Lichter lagen auf seiner Fläche wie die Stacheln eines Folterhalsbands. Sobald du dich bewegst, durchstoßen sie die Haut und stechen deine Adern auf. Das hatte einmal ein junges Pärchen so gesagt, das nachts umschlungen an seinem Ufer saß. Als See war ihm das egal, er hatte ja keine Adern. Aber die Lichter verscheuchten das Leben. Welcher dieser Banditen, die hier in der Nähe angeblich ihr Stammhaus hatten, stieg denn von seinem Motorrad und stellte sich nachts unter eine Laterne, wo ihn jeder sah. Das war doch Quatsch, das machte doch keiner. Auch wenn man sich natürlich schon fragte, warum sie solche Angst hatten. Er hatte doch auch keine Angst vor dem Licht. Und so einen echten Brocken von Verbrecher, der einen Alten überfallen wollte, den schreckte doch keine Laterne, oder? Außerdem bräuchte es anschließend nur einen kleinen Schubbser und den Rest würde der See erledigen. Mit seinem dunklen Wasser. Er würde den abgemurksten Sack bis auf den Grund sinken lassen. Er würde ihn bleich und wulstig aufquellen lassen. Er würde ihn wieder hoch ans Licht schweben lassen und alle zu Tode verjagen. Aber egal, egal. Viel lieber hätte er auch einmal fest umschlungen an einem Ufer gesessen. Aber selbst wenn er sich mit aller Saftigkeit ausmalte, wie er aufs Ufer zurollte, sich aufbäumte und das Wellenhaupt zur Seite neigte, wie er seine weißen Schaumlippen vorwölbte und plötzlich die schwarze Wasserzunge hineinschnellen ließ in einen weit aufgerissenen Mund, selbst wenn diese Vorstellung dem, was der Junge und das Mädchen am Ufer getan hatten, nahekäme, so könnte er als See doch niemals wissen, wie es sich für so einen Jungen oder so ein Mädchen anfühlte, sich an seinem Ufer zu umschlingen. Das war unmöglich. Das ging nicht. Aber vielleicht musste er so etwas auch gar nicht wissen. Vielleicht mussten Seen überhaupt nicht wissen, wie sich etwas für Menschen anfühlte. Schließlich wussten ja auch Menschen nicht, wie es sich anfühlte, als eine der Fledermäuse, die hier abends durch die Luft wirbelten, Insekten mit Echo zu orten. Das heißt, wenn es Seen überhaupt gab, also, in der Mehrzahl, und nicht nur einen, einen einzigen See auf der Welt. Aber das, nein, nein, er kannte doch all diese Namen, weißer See, Wannsee, Schlachtensee, woher kamen nur solche Gedanken? Das war die Angst. Oder nein, die Laternen, die Laternen waren schuld. Die Laternen hatten diese verrückte Gedankenkette ausgelöst. Man müsste sie angreifen, verdammt nochmal, ihnen so oft und übel zusetzen, bis sie eine nach der anderen flackernd verreckten. Obwohl, was heißt müsste? Einmal hatte er es ja schon probiert. Vor einem Monat vielleicht oder vor einem Jahr. Wann genau, das wusste er nicht, weil, nun ja, weil er eigentlich gar nichts wusste. Oder fast gar nichts. Er schnappte bloß auf, was an seinen Ufern gesprochen wurde. Vieles, wenn nicht alles, musste er sich mühevoll zusammenreimen. Dabei blieb natürlich manches im Dunkeln. Wann so ein Monat vorüber war, zum Beispiel, oder ein Jahr. Aber egal, dann sagte er einfach: einmal. Einmal nämlich, bei einem Sturm, der ihn so böse hatte schwappen lassen, dass es eine Freude war, da hatte er versucht, das Ufer hochzufließen und in eine der Laternen einzudringen, um sie mit einem Kurzschluss außer Gefecht zu setzen. Wie eine breite schwarze Zunge war er die Entenwiese hochgeströmt, war dem Weg immer näher gekommen, hatte den Laternenfuß schon vor sich gehabt, doch dann, bevor er durch die Ritzen hatte einsickern können, war er so langsam geworden, dass er schließlich, nach einem hilflosen Moment zitternden Stillstands, bloß leise schlürfend zurückgeflossen war. Gleich danach hatte er es so klar wie nie zuvor gespürt. So sehr er sich auch bemühte, er konnte es nicht. Er konnte sich nicht bewegen. Nicht eine Welle, nicht einen Tropfen. Ringsherum stieg der Morgen hinter den Häusern hervor. Lichter flammten auf in den Fenstern. Zu allem Unglück begannen auch noch die Flugzeuge über ihn hinwegzuröhren. Tagsüber quälten sich pausenlos neue Maschinen in den Himmel hinauf. Oder sanken lärmend nieder im Anflug auf Tegel. Tegel, ach, Tegel! So seufzten die zwei alten Tanten, die oft gemeinsam weinend an seinem Ufer saßen. Zu verstehen, was ein Flugzeug war, war daher nur ein kleiner Schritt gewesen. Allerdings einer, der ihn noch tiefer in die Verzweiflung trieb. Denn dass die Menschen gehen können, oder konnten, die meisten hier rollerten oder krochen ja bloß noch, das war schon ein ziemlicher Schlag gewesen. Aber welcher See konnte es ertragen, dass sie auch noch flogen? Schließlich fragte man sich, wo flogen sie eigentlich hin? Und was wollten sie da? Und wieso blieben sie nicht einfach, wo sie waren? Er, der See, blieb doch auch hier. Hier, immer nur hier! Weil er keine Macht hatte über sich selbst. Das ist die Wahrheit. Weil er eine tote schwarze Suppe war, allem ausgeliefert, selbst einem Jungen, der ihm auf den Rücken rotzte, oder einem auf Tretbooten sich zu Tode strampelnden Rentnerpärchen, einfach allem. Lange war ihm das egal gewesen. Oder genauer gesagt, lange hatte er nicht gewusst, ob es ihm egal war oder nicht. Ganz einfach, weil er gar nichts gewusst hatte. Das war in der Zeit des, tja, wie sollte man das nennen? Auf jeden Fall musste er seit einer Weile ziemlich viel, um nicht zu sagen, alles, alles, alles, tun, damit ihn dieses Wissen nicht zerfraß. Er spürte seine Begrenzung, diese schreckliche Enge, die Aussichtslosigkeit. Wenn wenigstens die Alten still gewesen wären. Statt ihn mit immer weiteren Worten und Geschichten zu versorgen. Ja, sie hatten früher viel gesehen, und ja, sie waren früher viel gereist, in lauter fremde Länder, hatten sogar Kreuzfahrten gemacht, auf diesem Mittelmeer, und ja, sie hatten geliebt und gelacht, und ja, ja, ja, jetzt hockten sie nur noch verarmt, verwirrt und vertrottelt in ihren Wohnungen und warteten darauf, dass sie endlich in die Grube stürzten. Aber wann denn? Was hielt sie noch hier? Warum machten sie nicht Platz für das frisch um sich beißende Leben? Sie mussten sich ja nicht gleich köpfen lassen. Aber im Winter, zum Beispiel, da könnten sie ihre Rollatoren doch über das Eis schieben, immer weiter, bis es knackste und plötzlich zerbrach. Eine Schrecksekunde bloß, wenn der Boden nachgab, und schon war es vorbei. Aber nein, sie hockten bloß flüsternd am Rand und mäkelten unablässig über ihre Knochen und über ihr Gedächtnis, über ihre Nachbarn und über die Fremden, die ihren albernen Ortsteil, dieses Reinickendorf, jetzt angeblich unterwanderten und die gar nicht hätten herkommen dürfen, wenn sie so viel Geld besäßen, weil ja die Schiffsreise so unverschämt viel Geld kostete, dass es doch äußerst unglaubwürdig sei, dass sie für dieses unverschämte Geld bloß einen verrosteten Tanker bestiegen, und nicht ein schönes Kreuzfahrtschiff. All diese Schwarzen, die das Verbrechen liebten. So ein Zeug musste sich der See hier anhören den lieben langen Tag. Dabei war er selber schwarz und liebte das Verbrechen. Obwohl er nur ein kleiner See war, der nie ins Meer strömen würde, wo er hingehörte. Oder gehörten etwa nicht alle Seen ins Meer? Ach, manchmal sehnte er sich nach der alten Zeit. Als es diese Fragen nicht gegeben hatte. Oder nicht für ihn. Als er noch von Fragen völlig unbelästigt hatte daliegen und einfach nur der bewusstlos dahinschlummernde, von Greisen umschlurfte und unablässig bequasselte Schäfersee sein können. Damals, als noch Schafe in seinem Wasser gewaschen wurden und er selber dumm war wie ein Schaf. Wann mochte das gewesen sein? Wann auch immer. Er hatte keine Erinnerung an diese Zeit, weil er damals nichts als stumm und still und schwarz gewesen war, ein blöder kleiner Tümpel, und weiter nichts. Im Grunde war er auch heute nichts weiter als ein blöder, kleiner Tümpel. Nur dass ihn jetzt die Fragen zwickten. Seit diesem Blitz. Oder seit dem Knistern, um genau zu sein. Denn ob ein Blitz das Knistern ausgelöst hatte, womöglich ein stechend weißer, sich nervös über den gesamten Nachthimmel ästelnder Erweckungsblitz, das wusste er nicht. Schwierige Sache. Auf jeden Fall war mit diesem Knistern alles hochgestiegen aus dem Nichts. Nicht zuletzt er selbst. Flimmernd und flüsternd zunächst. Doch je lauter es wurde, desto heller wurde es auch, und genau in diesem Augenblick, als ringsherum das altersschwache Reinickendorf knisternd Gestalt angenommen hatte, da kamen, wie eine Horde junger Hunde, die Fragen angesprungen. Wenn nun jemand gesagt hätte, als Erklärung sei das ziemlich schwach, dann hätte er gesagt: Natürlich ist das schwach. Schließlich bestand ein See aus Wasser, oder? Mal abgesehen von dem Moddergrund, dem Uferschlick, dem Entenschiss, aber im Grunde aus nichts als Wasser, oder nicht? Und auch wenn die Baumwurzeln, die vom Ufer hineinhingen, offenbar einem Geflecht aus Nerven ähnlich sahen, wie ein lebensmüder Biologielehrer einmal geseufzt hatte, es waren keine. Natürlich, Schall und Strom wurden auch durch Wasser übertragen. Wie auch immer das funktionieren mochte. Aber egal. Wann hatte man schon mal von einen See gehört, der hören konnte? Und sehen! Das gab es doch gar nicht. Das Schlimmste allerdings, das war das Wissen, dass er hier war und nicht weg konnte. Dass er niemals durch die Straßen davonfließen würde zu einem anderen See oder gar ins Meer. Dass er immer nur der schwarze Tümpel sein würde, den ein paar Fische durchstreiften, und weiter nichts. Deswegen wünschte er sich zumindest ein paar Wasserleichen, ein paar Morde am Ufer, ein bisschen Gewalt, einfach Unterhaltung. Und natürlich Strafe. Denn wer sich so fröhlich fortbewegen konnte und trotzdem immer nur im Kreis um einen kleinen See herumtatterte, der gehörte bestraft, und zwar mit einem Baseballschläger, oder nein, mit einer Axt, ja, mit einer Streitaxt, die schwungvoll niederrauscht auf so einen vergilbten Knitterhals. Und während der Kopf zu Boden stürzte, machte er noch ein paar blitzschnelle, zugleich wahnwitzig zusammengedrängte und unendlich gedehnte Gedankenschritte, die, aufgeschrieben, ein seitenlanges Gefasel ergeben hätten, tatsächlich aber in kaum einer Sekunde vorübergezuckt waren. Sozusagen eine Variante dieses Lebensfilms im Kopf vor dem Ende des Lebens, von dem hier ringsum so sorgenvoll gemurmelt wurde. Und sicher wäre es sehr schön gewesen, selbst so ein Mensch zu sein, dessen abgeschlagener Kopf noch ein Momentchen lang geflimmert hätte von dem nun endlich beendeten Leben. Ihm hingegen, dem See, blieb nichts anderes übrig, als sich zu wünschen, dass man ihm, wie einer Badewanne, den Stöpsel rauszog, damit er einfach abfließen und gluckernd im Boden versickern konnte. Abschließend sollte man seine Grube mit Zement zuschütten und ein paar Einfamilienhäuser darauf stellen. Und falls ihn auch das nicht vollends auslöschen würde, was er sich aber gar nicht vorstellen mochte, denn augenblicklich wünschte er sich wirklich weiter nichts, als vollends ausgelöscht zu werden, so würde er die Menschen, die in diese Häuser einzögen, bestimmt nie heimsuchen als gespenstisch schwarze Tümpeltinte, die nachts aus den Wasserhähnen tropfte.

Am Haken

Wie ein mit tausend Seen blau betupftes, zum Töten verlockendes Land, oder wie ein auf einen Haken gespießter, im Wasser versinkender Wurm, oder wie ein Fisch, der den Haken mit einem ausgehungerten Happs verschluckt und plötzlich, ohne sich verabschieden zu können, von seinen Lieben, seinem Leben, in die Luft gerissen wird, oder wie der Angler, der, kaum dass der Fisch im Eimer zappelt, von einem schon seit Tagen auf der Lauer liegenden Tierfreund mit einer Angelschnur erwürgt und in den See geworfen wird, oder wie der Junge, der den toten Angler später, im Winter, nach einem Sturz beim Schlittschuhlaufen unter dem spiegelblank gefrorenen Eis entdeckt, oder wie der sich drei Tage später vor Angst am schwarzen alten Apfelbaum aufknüpfende Mörder des Anglers, so, oder so ähnlich, fühlte er sich heute Morgen, rasierte sich und trat zärtlich auf die Straße.

Abschließender Bericht von Land

Von den Kühen muss berichtet werden, von ihren Blicken, die reglos betrachten, wer sie da betrachtet, inmitten der Wilstermarscher Ödnis, auch von ihrem Atem, dieser unsichtbaren Strömung, die die Euter schaukeln lässt, und von den Aderläufen auf ihren Eutern, und von ihrer Reglosigkeit angesichts des springenden und singenden Betrachters, der plötzlich eine Predigt hält, und zwar über den Puls, Bumm Bumm Bumm geht der Puls, eine Predigt, dass ihr, die ihr da vor mir steht mit dicken Leibern, ihr da, die ihr meine Stimme höret, dass ihr euch nicht, durch nichts und erst recht durch meine Stimme nicht, anstacheln lasset zu einer Flucht, die da möge betrachtet werden, lasset bloß ruhig die Luft durch eure Schnauzlöcher fahren, hinein fahre sie und hinaus fahre sie, und reglos, bleibet mir reglos, bei Tage und in der Finsternis, und wenn es gelingt, auch ohne zu atmen, denn auch die Luft ist ein Teil der Körper, die vom Sirren der Leitungen angefüllte Luft genauso wie die Luft aus dem Munde des Betrachters, der den Kopf abdreht und den Atem nach hinten wegbläst, damit sie ihn nicht einatmen, die Kühe, seinen Atem, ihn hineinsaugen in ihre schwarzen Leiber, denn da will er nicht hinein, ja, auch davon muss berichtet werden, davon, dass er fort will, zurück will, ins Haus zurück, dahin, wohin sie ihm nicht folgen dürfen, nach der Predigt, nicht einmal in den Flur dürfen sie, nicht mal eine, eine einzige Kuh, geschweige denn die Treppen hoch bis unters Dach, wo das Bett steht, das uferlose, allein beschlafene Ehebett, das zusammenbricht unter der Kuh, die ihm heimlich doch gefolgt ist, obwohl ihr Haushälterin Keyn, die das Haus zusammenhält vom Keller bis zum Dach, noch sagte, störe ihn nicht, sage ich, sonst gibt es einen Ärger mit der Akademie, doch die Kuh, das unbeirrte Tier, kippt schon auf die nachttischlampenlose Seite des Ehebetts, das aber doch nicht zusammenbricht, obwohl ihr Leib bald einen Meter in die Höhe ragt und den Blick versperrt, durch das Fenster auf die Kräne der Werft, wo tagelang auf Metall geschlagen wird, von den Arbeitern aus Polen, den Arbeitern aus Serbien, Bumm, Bumm, Bumm geht der Hammer, tagelang und nächtelang, Bumm, Bumm, Bumm geht die Werft, geht das Schiff, das immer weiter wächst und schon bald das Wasser verdrängt, mit stampfenden Motoren, das wachsende Schiff, der hohl hallende Laderaum und die langsam in die Tiefe tauchenden Kabinen unter Platten aus Metall, Bumm, Bumm, Bumm geht der Schlag, bis wir im Schatten hocken, hinter der Haltestelle, wo mittags, wenn der Marder seine Möbel rückt, ein Bus anhält, ein Bus voller Schüler und voller Geschrei, denn auch von dem Marder muss berichtet werden, auch wenn er unterwegs war, von Oktober bis November in geheimer Mission, doch jetzt rückt wieder seine Möbel, mittags hinter den Wänden und morgens unter dem Dach, unentwegt rückt er seine Möbel, morgens, abends, nachts, um die Löcher freizulegen und mich im Auge zu behalten, jede meiner Bewegungen, auch davon muss berichtet werden, sage ich, auch davon muss die Akademie in Kenntnis gesetzt werden, dass einer, der hier was zu schreiben hat, unter Beobachtung steht, ständiger Beobachtung, ich sag es der Kuh ins Gesicht, diesen Marder werde ich nicht verschweigen, denn ob ich sitze oder stehe, stets hat er mich im Auge, genauso wie auch dich, die du mir den Weg versperrst, über die Treppe durch die Küche und hinaus an die Luft, die voller Schläge ist, Bumm, Bumm, Bumm geht der Hammer, bis zum Abend, bis wir bei Herrn Wölk vor dem

Laden stehn und Bier aus Büchsen trinken, so lang, bis wir ins Schlupfloch schlüpfen, während die anderen weiter auf das Schiff einschlagen, immer fester schlagen sie, damit es endlich zu Wasser geht, Stapellauf, und die Stör hinunter in die Elbe, und die Elbe hinauf in die Nordsee, hinaus in den Atlantik, wo es schaukelt und donnert und spritzt, wenn die Wellen die Brücke überspülen, wenn geschwindelt wird unter Deck, in den tiefsten Kabinen, gleich hinter dem Frachtraum, wo mir nichts mehr übrig bleibt, als nur zu sagen, lass mich, ach, lass mich doch, lass mich auf deinem Rücken bleiben, sitzen bleiben, denn sitzen ist besser als stehen, sage ich und halte die Kuh bei den Ohren, damit sie mir nicht, wenn ich zu Boden gehe vor lauter Schwindel, die Stirn eintritt, mit den Hufen die Brust zertrümmert, Bumm, Bumm, Bumm macht der Huf, so laut, dass die Quallen unter dem Kiel zur Seite schweben, abwärts ins finstere Tal, oder aufwärts in die krachende See, Bumm, Bumm, Bumm macht der Huf, macht der Hammer, macht der Kopf auf dem Tisch, weil das Geld nicht reicht, denn nur für Geld steigt die Qualle, die alle Lust bedient, die Treppe hoch und hinauf in den Himmel, Bumm, Bumm, Bumm, und wir haben ein Glas im Gesicht, Sankt Margarethe, Sankt Margarethe, brenn mir den Magen aus, oh, du Heilige, du Bittere, verfeuere das Futter zu neuem Schwung, lasse den Hammer schwingen und auch die Hufe, hier inmitten der Sprödnis, auf dem Weg durch die Blomesche Wildnis, wenn Sternflocken in die Finsternis fallen, wenn du auf dem Rücken sitzt und multiplizierst, denn das kann ich noch, fünf mal fünf, das weiß ich noch, und sechs mal fünf sind dreißig, auch hier zwischen den finsteren Deichen, und ich rechne weiter, denn ich fürchte mich und ich fürchte mich nicht, denn du bist bei mir, hier in der Wilstermarscher Blödnis, oh, Sankt Margarethe, auf dem Weg nach Uhrendorf, wo der Puls zur Ruhe kommt, Bumm,

Bumm, Bumm geht der Puls, geht die Runde, die große Runde, siebzig Minuten zu Fuß und neunzig auf dem Rücken der Kuh, denn sie bewegt sich doch, und auch ich bewege mich, wenn auch reglos, aber ich komme nie mehr zurück, ins Haus zurück, obwohl mich die Akademie befragen wird, was haben sie getan, wird sie fragen, ruft Frau Keyn, aber die große Runde dauert siebzig Minuten zu Fuß und neunzig auf dem Rücken der Kuh, und zehn mal zehn sind hundert, und hundertzwanzig zwölf mal zehn, das kann ich noch, das weiß ich noch, das ist der Umweg über den Dorfrand, die frisch ins Feld gefressene Straße, vorbei an den leuchtenden Fenstern, den lebendig gefüllten Häusern, den drei mal vier gleich zwölf mit Leben gefüllten Häusern, in denen nichts mangeln wird, nichts, und auch mir wird nichts mangeln, denn sobald der Tag erloschen ist, bereitest du vor mir einen Tisch, Sankt Margarethe, Sankt Margarethe, brenn mir den Magen aus, hier auf der Straße und hier unter Deck, unter Wasser, unter dem schaukelnden Licht, hin- und hergeworfen von schwarzen Wellen, von weißer Gischt, die über die Decke spritzt, wenn der Kronkorken knallt, hier auf dem Sofa, mit dem Kind und der Frau und den Augen in der Kiste, die flimmernd den Tag verschlingt, so lang, bis Sternflocken über den Bildschirm wehen und vergehen auf der schwarzen, der schaukelnden See, bis der Atem aus der Schnauze fährt, gegen das Fenster, die leuchtende Scheibe, durch die wir sie betrachten, denn wir, das sind die Frau und das Kind und der Mann mit dem Gewehr, denn wer ein Haus hat, der hat auch ein Gewehr, eine Flinte für Schrot und für Kugeln eine Büchse, oder für beides die Doppelläufige, eine Bockbüchsflinte, denn damit kann ich beides schießen, Kugeln und Schrot, und Hasen jagen wie Rehe, Wildschweine wie Kühe, und jetzt, meine Liebe, lösche die Lichter und öffne das Fenster, denn bei der ersten Berührung pilzt mein Geschoss auf, und die erste Berührung ist die mit dem Leib, und das Geschoss pilzt auf und der Tod tritt ein, doch die Kugel fliegt weiter, fünf Kilometer weit über die finsteren Felder, und sie kommt aus dem Inneren, aus unserem dunklen Haus kommt die Kugel, denn vielleicht ist augenblicklich in uns allen diese Lust, uns gegenseitig vom Pferd zu reißen, da wir unheimlich gesündigt haben, wir alle, obwohl sich keiner zu sagen versteht, inwiefern, und doch bist du da und schenkest mir voll ein, Sankt Margarethe, Sankt Margarethe, du Wilstermärscher Brand, versetz mich in Bewegung, damit ich zurückkomme, denn ich komme nie zurück, ins Haus zurück, ins Bett, mein Junge, ruft Frau Keyn aus dem Fenster, dort gibt es Zitronenkuchen und ein Glas Spitzwegerich mit Fliederbeersaft, was wird die Akademie sonst sagen, wenn Sie den ganzen Tag herumreiten, wo bleibt Ihre Glaubwürdigkeit, aber hätte ich es auf Glaubwürdigkeit angelegt, wie der flüsternde Kollege im ersten Stock, oder wie der gebeutelte, der brutzelnde Kollege im Erdgeschoss, dann wäre ich im Bett geblieben, ja, auch davon muss berichtet werden, denn statt auf Glaubwürdigkeit haben wir es auf Unglaubwürdigkeit angelegt, selbst im Bett, und wir liegen bis mittags in den Puppen, denn liegen ist besser als sitzen, hier im Ehebett, in das früher die Kotmaden des Marders rieselten, hinein ins Gesicht einer jungen Frau, ja, genau hier hin, wo jetzt gelöffelt wird, Rücken an Bauch und die Kuh mag es auch, und draußen fallen die Nüsse vom Baum, und der Wind blättert die Dachpfannen durch, und Frau Keyn sagt, kleb dir einen Bart auf die Backen, dann erkennt dich niemand, keine Sau und erst recht nicht der Kapitän, der schon das Schiff besteigen will, auf das immer noch geschlagen wird, nächtelang und tagelang, immer schneller schlagen sie, und schon bald gleitet es über die Stör, das große Schiff, über die Elbe bis raus in die See, wo es hin- und hergeworfen wird, mit festgezurrter Fracht und einem blinden Passagier, gleich hinter dem Frachtraum, wo geschwindelt wird und auch gespuckt, denn wer Seenot hat, darf schwindeln, darf spucken und spuken darf er auch, einerlei, ob unter Deck oder auf der Qualle, wenn das Geld reicht, denn einmal im Monat reicht das Geld für die Treppen und die Qualle und den Himmel, Bumm, Bumm, Bumm, und ein jeder von uns hat ein Glas im Gesicht, oh, Sankt Margarethe, Sankt Margarethe, versetz mich in Schwung und lass mich in Ruhe eine Runde reiten, die letzte Runde über Uhrendorf und niemals zurück ins Haus, zurück ins Bett, das fortlaufend betrachtet wird, beobachtet, so wie das ganze Haus, denn immerfort, fürchte ich, belauert mich jemand, durch die Löcher im Dach vielleicht, vielleicht der Marder, immerfort, fürchte ich, ist jemand hinter mir und unter mir und neben mir, große, glänzende Kuhaugen, nur vor mir, da ist niemand, auch wenn ich mich herumdrehe, ist niemand da, und doch spüre ich einen Lufthauch von Anwesenheit, und es stockt mir den Atem, denn auch die Luft ist ein Teil der Körper, die vom Flüstern des mittleren Kollegen und die vom Brutzeln des untersten Kollegen angefüllte Luft, genauso wie die Luft aus dem Munde des Betrachters, der den Kopf abdreht, lauter Lüfte, ausgestoßene Wölkchen, in denen Anwesenheiten lauern, wolkenartige Nebel, die die Straße verschlucken, das Haus und die Häuser und das ganze Dorf, ich sehe es durch das Bullauge, nur die Spitzen der Dächer gucken noch aus dem Nebel, selbst die Ufer sind schon verschluckt, und wir gleiten ins Wasser, die Stör hinunter in die Elbe, und die Elbe hinauf in die Nordsee, doch ich fürchte kein Unglück, denn du bist bei mir, Sankt Margarethe, du heilige Bitternis, und ich vermisse alles und jeden.

Erster Seegang

Ja, an Bord eines Schiffes, da wäre er hochgestiegen in den Mastkorb und hätte hinausgeblickt in das weite Blau, welches das Schiff zur Gänze umgibt. An Bord eines Schiffes herrscht nämlich eine klare Verteilung der Aufgaben. Wenn wandhoch ein Sturm die Wellen auftürmt und das Schiff in dunkle Täler stößt, dann ist jeder eine Faser des Körpers, den sie gemeinsam bilden, hier auf See, wo das so sein muss. Und das ist ja das Wunderbare, so ins Innerste verknotet zu sein mit dem Ablauf aller Handgriffe, die ankämpfen gegen den Untergang. Der Kapitän braucht keine Kommandos zu schreien, denn jeder Matrose weiß, was er tun muss, und ist an seinem Ort Kapitän wie der Kapitän an seinem Ort Matrose. Nur wer vergrübelt herumsteht, wird mit der nächsten Welle, wie unvertäuter Ballast, von Deck gerissen hinab in die See.

Wenn sie die Leinen einholen, die hell gegen die Schiffswände schlagen und eilig nach oben gezogen werden; wenn der Hafen langsam aus den Augenwinkeln schwenkt oder in der Geschäftigkeit der Ausfahrt nicht mehr beachtet werden kann; wenn sich schließlich die Stadt und das Land zu einem blassen Streifen hinter dem weiß strudelnden Fahrwasser verringern, dann geht der Atem leichter. Man spürt es in jeder Ecke des Schiffs. Die Matrosen springen über Deck und turnen die Masten hinauf vor Freude auf die kommenden Tage und Wochen, in denen sie einander unrettbar in die Hände arbeiten müssen, wenn sie das feste Land wieder erreichen wollen.

Natürlich darf es, im Namen der Sicherheit, nicht sein, aber vielleicht findet es trotzdem statt, dass die Schiffsmannschaft, einmal am Tag, in der Tiefe des Schiffsbauches, zusammenfindet, um gemeinsam die Teller zu leeren. Es ist unwahrscheinlich, aber möglich, dass sich inmitten eines Geflechts dichter Sicherheitsvorschriften ein leichtsinniger Wunsch erhält. Mittags, und wäre es nur für eine Viertelstunde, läuft die Mannschaft aus allen Ecken und Winkeln im Speisessaal zusammen. Über den dampfenden Tellern des Mahls lachen sie einander in die Augen. Draußen donnern Wellen gegen die Wände, und einmal, in genau dieser Viertelstunde, in der das Steuer mannlos auf Kurs geschnürt ist, in der niemand im Mastkorb steht und die Alarmglocke rührt, werden die Wogen das Schiff überspülen und langsam niederdrücken, auf dass es gurgelnd sinkt bis zum Grund der See.

In den Stunden der Flaute lassen die Matrosen die Beine über die Reling baumeln und warten darauf, dass es wieder etwas zu tun gibt. Hin und wieder trommeln sie, auf dem Rücken liegend, mit den Füßen gegen die hohl hallenden Schiffswände. Einer steht im Mastkorb, zieht einen Finger aus dem Mund und streckt ihn hoch in die Luft. Auch wenn es nicht wehen will, auch wenn der Proviant zur Neige geht und die Mägen der Matrosen zusammenschnurren auf Pflaumengröße, auch wenn von Motoren bewegte Kähne über den Horizont gleiten, unberührt von Flauten und Stürmen, auch wenn im Sonnenflimmern auf der schaukelnden Fläche des Meers die Kaianlagen der nächsten Stadt zu glitzern scheinen und die Läden des Hafens schon ihre Türen aufwerfen, auch dann singt die Mannschaft ein Lied aus vollem Halse und wünscht sich, hier zu sein, hier, dachte er, und nirgends sonst.

Der Verkrustete

Der Verkrustete saß am Meer und ließ sich vom Wind, den er hasste, denn er hasste jeden noch so kleinen Windhauch, den Scheitel verwüsten.

Hochseezeit

Helllichter Tag, Du stemmst die Beine durch, du ziehst die Ruder durch das Wasser, und hinter uns am Ufer spielt die Kapelle den Hochseemarsch. Ich schau dir zu und wünsch mir was. Einen dieser bis zu hundert Jahre alt werdenden Hummer nämlich, den du in deiner Tasche führst, bis sein Moment gekommen ist. Der Moment des Hummers. Die Pauke, die Tuba, die Flöte, das hören wir jetzt, unser dicht zusammengedrängtes Musikpersonal, dessen Kleidung rot leuchtet im Gespensterlicht am Strand. Im Grunde reicht auch eine einzelne Hummerschere. Zumindest, wenn sie ebenso champagnerfarbene wie scharfe Schnittkanten hat. Kaum hast du uns über die Berge der Brandung hinausgekämpft, auf die spiegelgleich daliegende See, senke ich den Kopf in das heckwärts wegstrudelnde Wasser. Schlank mag ich dich, aber mager nicht, sage ich und lausche in die Wellen, die du behutsam an meine Ohren schaufelst. Und in einem weißen Kleid wie heute mag ich dich auch, denn in einem weißen Kleid wie heute sind deine Bewegungen umschleiert genauso wie geschärft. Ja, für derlei Sichtgefährdungen trage ich stets ein Lob in der Schublade, die du aus meiner Brust, und zwar jederzeit, meine Liebe, herausziehen darfst. Hörst du mich nicht, fragst du jetzt. Ja, ich höre dich, sage ich, aber gib mir die Ruder, sonst kommen wir nicht vom Fleck. Am Strand, zusammengeschrumpft auf Daumengröße, marschiert die musikalische Mannschaft ohne Laut zur Seite ab. Übrigens, unter atmosphärischem Engtanz verstehe ich nichts anderes als den Wechsel der Plätze an Bord. Kaum hängt dein Kopf über die Kante, wie eben meiner, streckt der Hochzeitshummer seine Schere aus, aus deiner Handtasche greift er, schnappt er, reißt an meiner Hose, oh, die weiße Anzughose, und reißt sie auf bis in den Schritt. Schon ist hinter uns kein Ufer mehr. Und wir. Sind hoch auf der See sind wir jetzt. Da flammt ein Scheinwerfer auf, da ist ein Boot am Horizont, da schwenkt ein Lichtkegel über die eingedunkelte, wellenweise weiß gereffelte See. Schon hat das Licht uns kalt erfasst. Nur das Leben zu führen, das ich mir erwünscht habe, höre ich mich sagen, während die jäh herbeigejagten Polizisten unser Boot in Schlepp nehmen, aber du hältst einen Finger in die Luft und flüsterst: Sobald wir wieder draußen sind, dasselbe noch einmal, aber anders! In Sichtweite des Lands machen sie uns los. Die Totenstille, in der wir unter den Augen der Beamten zurück ans Ufer gleiten, wird nur gestört durch den stückweise herausgeräusperten Kloß in meinem Hals. Was ich fordere, sage ich endlich, fast schon an Land, das sind Neuigkeiten, ich sage es laut, Neuigkeiten zur Schärfung der Sicht, und noch lauter, das sind Neuigkeiten zur Schärfung der Sicht der Dinge. Du guckst mich an, leer wie ein Skelett. Das mich nie verlassen wird. Da kratzen die Schaufeln über den Grund, das Wasser spritzt unter meinen Füßen auf, und während ich den Strand hochlaufe, über die Gebüsche springe, mich verberge, höre ich dich fragen, ob ich das nicht sehen könnte? Und durch die Blätter spähend sehe ich, wie du erneut die Ruder greifst, rückwärts Sand ins Wasser schaufelst, das ergibt zwei sich in der Luft überkreuzende Häuflein, und jetzt rufst du: Ja, siehst du es nicht? Und tatsächlich, ich sehe vielleicht fünfzehn weiße Haare, die sich in deinem Lockenkopf, den ich so liebte und immer noch liebe, verstecken möchten, umsonst!

Alassio

Nur eine Sandstrandgeschichte. Da ginge es um nichts als um die langsam verbrennende Haut. Um den Geruch von Sonnencreme und die ruhelos rollenden Wellen. Um das Hüpfen im Wasser zu Beginn, wenn die Füße sich erschrecken. Und um das dunkel in die Tiefe sich dehnende Meer. Die hektische Rückkehr an Land. Das leichte Zittern und das Aufwärmen des Körpers in der Sonne. Die nasse Badehose und das verdampfende Wasser darin. Und natürlich um den Graukopf auf dem Sonnenstuhl zur Linken. Er trägt ein Goldkreuz auf der Brust und hält Händchen mit seiner Tochter oder Geliebten. Und auch um die zwei Mädchen auf den Sonnenstühlen zur Rechten. Sie haben Tatzen und Herzchen auf der Haut und gähnen laut den Himmel an. Nicht einmal der Auftritt der jungen Thaiboys kann sie verlocken. In weiten, weißen Hosen wirbeln sie über den Strand und walken jeder der alten Damen, die es wünscht, die Schenkel und den Hintern durch. Und am Ende natürlich um ein kreischendes Minimädchen, das in die Luft geworfen und wieder aufgefangen wird, und zwar von mir. Und dir. Und schließlich um das Schlecken von Zitroneneis, mit dem wir unseren Tag beenden. Das wäre schon die ganze Geschichte und sie wäre nichts als schön.

Das Abenteuer

Nach einem Film von *Michelangelo Antonioni*

Morgen ist dein Monat rum. Steht auf der Karte des Verlobten. Steht immer noch da, denkt sie, als müssten die Buchstaben vom vielen Lesen und Wiederlesen längst verblichen sein. Sandro, mein Sandro. Noch im Sinkflug öffnet sie den Gurt. Menschengedränge im Flughafen. Da fasst er sie von hinten an. Das darfst du nicht, sagt sie, kaum dass sie im Taxi sitzen. Bei der Ankunft liegen Schatten vor den Häusern. Das Meer ist still. Frische, die Brust belebende Luft. Beim Betreten gibt die Jacht unter ihrem Fuß nach, so rasch, dass sie zurück an Land springen muss und kurz die Augen schließt. Was soll nur mit uns werden, fragt sie später am Telefon und am nächsten Morgen schon, über Nacht im Zug herangereist, betritt Claudia lachend das Deck. Der Verlobte räumt den Stuhl, isst im Stehen. Allein im Bild der künftige, lächelnd Tee servierende Schwiegervater. Anschließend die künftige, lächelnd die Gabelzinken zählende Schwiegermutter. Anna, den Löffel zurückgespannt, katapultiert eine Traube in die Luft. Eine Möwe schreit. Jetzt werden die Segel gesetzt, sind schon windgefüllt in voller Fahrt. Gischt am Bug und Claudia im Trapez. Anna sitzt auf dem Dach der Kajüte. Der Verlobte guckt durch ein Bullauge. Anna versperrt ihm die Sicht mit ihren nackten, sauberen Füßen. Wie lange sie auf seinen Anblick verzichten könnte. Das scheint er mit seinem Klopfen zu fragen. Wenn nicht ich, es wäre jemand anderes hier, das ist Annas Antwort. Da klettert der Verlobte den Mast empor und ruft: Der Wind, der Wind, das himmlische Kind! Claudia schlägt ein Rad an Deck und das leicht um die Hüfte gewickelte Handtuch gleitet zu Boden. Kaum vor Anker, springt der Verlobte von Bord. Claudia ahmt seinen Aufschlag mit den Lippen nach. Hat sie Tränen in den Augen oder ist es die salzige Luft? Die Schwiegermutter fragt, ob Anna nicht auf der Jacht bleiben wolle, die Insel sei doch eine Männerinsel voller Gestein. Du kennst mich nicht, ruft Anna und ist als erste an Land. Der Verlobte tritt in einem weißen Anzug aus der Kajüte, das Haar ist noch nass und glänzt in der Sonne. Wo ist Claudia? Ein dunkelblauer Himmel. Anna, hoch auf den Felsen, die Finger weit gespreizt. Mein lieber Sandro. Groß im Bild das kräftige, unter dem Hosenstoff sich krümmende Geschlecht. Er schlendert über den Steg und klettert ihr hinterher. Ist der Vorsprung zu groß oder die Lust zu gering? Die Frage hängt noch in der Luft, als sie zu einem Fischer steigt, Anna, und die Beine übereinanderschlägt auf seinen fangfeuchten Netzen. Mit langsam über das Geröll schwingenden Füßen, so war sie zugeschritten auf das Boot. Als sie die Insel verlassen, sind Rufe zu hören, zwei Stimmen, fast verschmolzen zu einer. Hören Sie die Rufe nicht, flüstert Anna. Der Fischer schüttelt den Kopf. Sie rufen nach mir, nur nach mir.

Postkarte aus Ozieri

In Ozieri zur Ruhe kommen, zumindest ein paar Tage lang, oder eine Woche, ringsum das alles begrabende Grün, die Granitmassive, die schweigend ins Licht ragen, einkehren in diese bei Tage von allem Leben beraubte, abends mit einem Schlag laut jubelnde Stadt, dann doch ein paar Tage länger bleiben, weil sie einen schon kennen und an ihre Tische bitten, bald umarmen und nächtelang küssen, so dass man nirgends mehr hinmöchte, schon gar nicht nach Hause, so lange bleiben, bis sie endlich, nach Jahrzehnten der Ehe und Arbeit, meine Todesanzeige plakatieren, wie es hier üblich ist, das, meine Liebe, will ich nicht, nein, ich will es nicht.

Urlaub

Ich muss mich getäuscht haben, die Welt ist voller Menschen, lebendiger Menschen. Eben noch, nachdem ich mich steif und blinzelnd durch das Treppenhaus getastet und schließlich durch den Türspalt hinausgespäht hatte, da war die Straße still gewesen und von nichts als Licht belebt. Zunächst lautlos, dann mit brodelndem Motor schob sich ein Bus ins Bild. Mein Bus, mit dem ich täglich zur Arbeit fuhr, als ich noch zur Arbeit fuhr. Da brach es hervor aus den Häusern, die allesamt verlassen schienen, vermodert, verloren, Köpfe und Leiber, Arme und Beine. Ich glitt ins Gewimmel und ließ mich in den Bus schieben, vorbei an den von Äderchen durchästelten Angstaugen des Fahrers, der sich eingeschlossen hatte in seiner Schutzkabine. In der letzten Reihe sackte ich nieder auf eine der zitternden Plastikschalen.

Von hier aus begucke ich nun die Menschen, zum Beispiel diesen Herrn dort mit seinen violetten Plusterwangen, oder jene Tante da, die lebensmüde das Fenster behaucht, oder weiter vorn, diese fünf in knallblauen Blaumännern steckenden Jungs. Alle atmen sie mit sichtbar sich hebenden Brustkörben. Fast kann man hören, wie darin schnell und hell die Herzen schlagen. Bevor die Türen zusammengleiten, springt noch eine Frau herein. Mit einem süßen Seufzer setzt sie sich direkt vor meine Nase. Ihr goldenes, in Locken über die Lehne quellendes Haar verströmt Wolken der gefährlichsten Parfümpoesie. Ich muss mich wirklich getäuscht haben. Als hätte ich laut gesprochen, dreht sie sich herum. Sie steckt sich einen Knopf ins Ohr und reicht mir lächelnd den zweiten. Schweigend hören wir ein Lied, das von einem Urlaub handelt. Urlaub, ich mache Urlaub, tönt es in meinen Kopf, ich mache Urlaub von der Liebe. Es ist ein Lied, erklärt sie, noch bevor es ganz verklungen ist, das jeder hören sollte, der glaubt, nicht mehr am Leben zu sein, der fürchtet, sich untot aus der Erde gewühlt zu haben und nur noch steif und röchelnd durch das Licht zu staksen. Mein Lied, das ist meins, sage ich gleich, die letzten Wochen nämlich, oder waren es Monate, lag ich verschanzt in meiner Wohnung, ich hatte die Türen vernagelt, auch die Fenster, hatte alles, das Radio, den Computer, den Fernseher, in Stücke gehauen, damit mir niemand flüstern konnte: Kehre um! Kehre um! Warum hast du mich nicht angerufen?, fragt sie mich. Aber ich kannte dich nicht, sage ich. Aber du kennst mich doch jetzt, sagt sie. Soll das ein Witz sein?, frage ich. Sie schüttelt den Kopf. Was wirst du tun?, fragt sie dann. Was ich tun werde, wiederhole ich langsam. Ja, was wirst du tun, fragt sie wieder. Ich bin mir nicht sicher, sage ich, wem ich trauen kann. Aber was wirst du tun?, fragt sie ein drittes Mal. Als ich stumm bleibe, ruckt sie mir den Knopf aus dem Ohr. Hör mal, sage ich, schließe die Augen, um mich zu konzentrieren, und summe leise die Melodie ihres Liedes.

Ich muss geschlafen haben, denn als meine Lider wieder aufschlagen, bin ich allein im Bus. Wir haben die Stadt verlassen. Vor den Fenstern ziehen schwarze Flächen abgefackelter Felder vorüber, rauchende Bäume mit glühenden Ästen, Ascheflocken durchflirren die Luft. An einer qualmenden, nur noch aus verkohltem Gestänge bestehenden Haltestelle stoppt der Bus. Ich bleibe sitzen. Der Fahrer öffnet seine Schutzkabine, er schwingt sich vom Sitz. Offenbar erscheine ich bedrohlich, denn in den Händen hält er das Hämmerchen, mit dem man in der Not die Scheiben zerschlägt. Er geht langsam auf mich zu. Als ich den Kopf senke, vielleicht, um ihn friedlich zu stimmen, vielleicht auch, um ihn plötzlich anzugreifen, bemerke ich Spuren auf dem Boden, rötlich glänzende Schleifspuren. Bevor es zu spät ist, springe ich zur Hintertür. Ich drücke den Knopf, dreimal, viermal, fünfmal, ächzend ruckeln die Türen auseinander. Ich ducke mich weg unter dem ersten Schlag, der, statt meines Schädels, eine Scheibe zerschmettert. Ich springe ins Freie. Das verbrannte Korn staubt unter meinen Schritten auf. Schwarze Flocken betupfen mir Arme und Stirn. Erst als der Bus anfährt, drehe ich mich herum, keuchend, ich höre noch das Röhren des Motors, doch die Straße ist schon leer. Ich stehe auf den schwarzen, nach Rauch und Brand riechenden Feldern und schließe die Augen vor Angst.

Ich muss wieder geschlafen haben, denn als meine Lider hochzucken, sitze ich doch noch im Bus. Und der Boden ist blitzeblank. Und bis auf den pfeifenden Fahrer und die Blaumännerjungs, deren Köpfe schaukeln wie auf See, sind alle ausgestiegen. Ich blicke hinaus und sehe es gleich. Vor den Fenstern ziehen die Werkhallen hin. Haltestelle Haupttor. Nach den fünf, zügig davongefederten Jungs verlasse ich als letzter den Bus. Ich weiß nicht, wie lang ich fortgewesen bin, ich weiß auch nicht, woher die Täuschung kam, die mich fortbleiben ließ, ich weiß nicht einmal, was mich zurückgeführt hat, aber wenn es mir gelingt, meinen Schichtleiter, zum Beispiel nach der Kaffeepause, abzufangen, ihn von hinten zu umarmen, so kräftig, dass ich sanft in seine Ohren singen kann, davon, dass ich in einem Urlaub war, einem Urlaub von der Liebe, vielleicht lässt er mich dann zurück, denn ich will zurück, nur zurück, zurück auf meinen Platz.

Kopenhagen

Kopenhagen ist so herzlich aufgeräumt, dass ich hier leben möchte. Ich schaue aus dem Fenster. Für immer! Auch wenn in der Wohnung gegenüber die Schränke offenstehen und alles herausgerissen wurde. Ungeheuer gibt es überall. Wie der Wind an meinen Haaren zieht. Wer wollte da nicht zur See fahren? Jetzt gleich! Schon erlöschen drüben die Lichter. Lebt dort eine dänische Dame oder ist sie schon tot? Nein, nein, ich reise morgen wieder ab.

Der Runtergeputzte

Der Runtergeputzte malte sich die Beine pink, setzte den linken Fuß ans rechte Knie und versuchte nur, nicht umzustürzen.

Der Schacht

Nachdem er eines Abends, als er von der Arbeit kam, einen Spalt bemerkte, der sich hinter der Schwelle in seiner Wohnung aufgetan hatte, beschloss er, den Fußabtreter darüberzulegen. Eine schöne schnelle Lösung. Wäre nicht der Spalt am nächsten Tag bereits zur doppelten Breite aufgeklafft. Schon begann der Fußabtreter, sich bedrohlich abzusenken. Als er sich am dritten Tage wieder nach Haus geschleppt hatte, war das kleine Rechteck, auf dem, wenn auch kaum noch leserlich, stand: Tritt ein, bring Geld herein, von einem knallschwarzen, knapp einen Meter breiten Schacht verschluckt worden. Dass es sich um unangekündigte Bauarbeiten im Keller handelte, konnte ausgeschlossen werden, da, erstens, der Vermieter jede Maßnahme im Haus ankündigte sowie sich, zweitens, höchstens alle zwei Jahre zu einer solchen entschließen konnte und außerdem, drittens, die letzte erst ein halbes Jahr zurücklag. Der daraufhin gegen alles Gebell des Verstandes ausgeführte Gang in den Keller führte zu keinem Ergebnis. Hier unten war alles in Ordnung. Zur Sicherheit brachte er eine Leiter mit hinauf. Genau wie befürchtet hatte sich der Schacht am nächsten Abend, als er sich von der Arbeit zurückgekämpft hatte, wieder verdoppelt, so dass er nun mit Hilfe der Leiter einen zwei Meter breiten Abgrund überbrücken musste. Von Sprosse zu Sprosse balancierend versuchte er in der Schwärze unter sich etwas zu erkennen, erkannte aber nichts. Auf der anderen Seite angekommen, dem noch nicht verlorenen letzten Drittel seines Flurs, zog er sein Portemonnaie hervor und schnippte eine Münze in die Luft. Er beobachtete den Flug der sinnlos um die eigene Achse wirbelnden Münze und beugte sich, als sie in den Schacht eintauchte, nach vorn, um den Aufschlag zu erlauschen. Doch die atemlose Stille, die aus dem Schacht quoll, schien sich bloß noch weiter zu verdichten. Als er am nächsten Abend heimgekehrt war, reichte die Leiter nicht mehr, um den Krater zu überwinden. Da er nicht im Treppenhaus übernachten wollte, schließlich hatte er, seit er hier wohnte, noch keinen Menschen angetroffen, geschweige denn gesprochen, und da er sich andererseits auch nicht einfach kopfüber in die Schwärze stürzen wollte, obwohl ihm das plötzlich als die einzig mögliche Lösung erschien, quälte er sich zurück in das nun schon nächtlich stille Büro, bettete sich unter seinen Schreibtisch und war am nächsten Morgen der Erste am Platz.

Feierabend

Es folgt die Geschichte eines Herrn, der, und zwar wie ein Fragezeichen, abends in den Zug einsteigt. Und heim will, nur heim will er noch. Doch kaum dass er sitzt, strahlen ihn tausend Augen an. Derart blau, dass er, um nach dem Arbeitstag für sich zu sein, ganz für sich allein, das totenstille Örtchen sucht. Statt der Schüssel aber, auf der sich in Frieden atmen ließe, findet er ein Loch im Boden. Und eine Leiter in diesem Loch. Sprosse für Sprosse führt sie hinab in einen Raum, den es gar nicht gibt. Das ist der Keller des kreischenden Zuges. Und die Wände dieses Kellers, die sind Fleisch. Und das Fleisch dieser Wände, das ist rot. Es ist ein sanft pulsierendes, von keiner Haut verschlossenes Fleisch. Und der Boden, auf dem er geht, jetzt stramm steht, einsam die Hände an die Hose gelegt, ist ebenso aus diesem wilden, offenen Fleisch, in dem der Fuß versinkt. Bis zum Knöchel sinkt der Fuß. Bis zum Knie sinkt der Fuß, so dass er weiterstapfen muss, wenn ihn der Keller nicht verschlingen soll. Schnell zur Leiter zurück und hinaus durch das Loch im Boden, das mit saugenden Lippen seine Hüfte umschließt. Im türkisen Licht des Örtchens steht er wieder da, hört unter sich den Keller schmatzen und schiebt die Schaffnerin, die sich lächelnd an sein Türchen schmiegt und nicht das allerkleinste Ticket will, fort. Einen dunklen Fleck im Schritt, aus dem saure Dämpfe steigen, sackt er nieder in den Sitz. Endlich, an einem Bahnhof unterwegs, springt er ins Freie, irrt weinend über das Land.

Büro bei Nacht

Dr. Schott, bläulich angestrahlt von seinem Monitor, dem einzigen Licht in diesem von der Finsternis fast vollends verschlungenen Büro, hatte minutenlang starr dagesessen, als die Abteilungsleiterin hereintrat. Statt aufzusehen und ihr womöglich zuzunicken, verharrte er, als wäre er in Stein gehauen. Schweigend schob die Vorgesetzte eine Akte ins Regal. Im Augenwinkel bemerkte sie, dass ein Brief, der vielleicht den ganzen Tag lang auf der Kante seines Schreibtischs gewartet hatte, herabgeglitten war. Aber der Stoff ihres Rocks würde, wenn sie in die Knie ging, um ihn aufzuheben, knistern. Da drehte Dr. Schott den Kopf. Unklar, ob das Knacken, das dabei zu hören war, aus seinem Nacken drang oder aus dem Stuhl. Ein Brief, begann die Abteilungsleiterin, deren Name in seinem Kopf unwiderstehlich schmatzte, und zeigte auf den Boden. Sowas, erwiderte er, trat vor seinen Schreibtisch und fischte das Schreiben auf. Es ist schon spät, sagte sie leise. Dr. Schott, das Gesicht erwärmt, setzte sich wieder. Sehr spät, sagte sie noch leiser und schlüpfte hinaus. Sehr sehr spät, echote er, kaum dass die Tür geschlossen war, und guckte auf seine Finger, die, zu Krallen verkrümmt, auf der Tastatur lagen.

Die tote Socke

Ohne ein Wort auf der Zunge, eilt die Socke in das allein von ihr so genannte Trinkviertel der Lust und auch der Grausamkeit. Wir schreiben den ersten Abend des Monats. Wie schön die Scheine in den Taschen rascheln. Schließlich, als sie durch das Fenster des geliebten Lokals, genannt: Die Auslöschung, blickt, hat die Socke Glück. Der schon seit Tagen befürchtete Wilfried, bekannt für seine spiegelglatte Gesprächigkeit, sitzt überall in der Welt, nur hier am Tresen nicht. Statt sich wieder über Stunden belehren zu lassen, dass Filme lebendige Bilder sind und kein zu Tode fotografiertes Leben, darf man still den Rauch ausstoßen, bis er an der Decke zerquillt. Sagen Sie, fragt die Socke und dreht sich um zu einer im Augenwinkel aufgetauchten Frau, kennen wir uns nicht schon aus einem vor Jahren so jählings erloschenen Sommer? Die Frau öffnet die Lippen und lässt nichts herausströmen als eine angestaute Atemfuhre. Die Socke aber, auch wenn sie nie ein Schiff betrat, weiß zu lächeln wie nach fünfhundertzwanzig Weltmeertagen. Wenn ich sitzen darf, erklärt die Frau mit singend geweiteten Worten, dann heiße ich Ebba und trinke, bis ich wieder stehen kann. Die Socke räumt den Hocker und trinkt, liebe Ebba, darauf, dass man sprechen kann, bis man schweigt und schweigend sich einschließt in einer Kabine, vor der die Herren Wasser lassen, während wir, hinter dem Türchen, unsere Körper auf Hochglanz lecken, wie es uns gefällt. In der Sprache bin ich die blutige Anfängerin, die noch viel zu lernen muss, sagt Ebba langsam. Falsch!, ruft sie aus, müssen und dürfen ohne zu! Auch ohne müssen und dürfen, erklärt die Socke, verstehe ich dich von den Lippen bis zu deinen Füßen, hergelaufen, von wo auch immer. Aus Schweden, sagt Ebba, aber ich verstehe nicht. Aber, aber, sagt die Socke, verstehen die kirschrot glänzenden Brustspitzen zweier kaum versteckter Spitzenbrüste nicht sich und dich und mich von selbst? Trinken, sagt Ebba und hat so schnell, dass schon die Glocken läuten, es sind dies zwei den Menschen verschluckende Liebesglocken, ihr Glas geleert. Als die Socke aber, um von der Sprache hinüberzugleiten zur Berührung, einen Finger in den Biertropfen taucht, der soeben federnd von ihren schwedischen Lippen fiel, da schneit herein der Wilfried und der Abend ist im Eimer. Statt das Bierglas am Tresen zu zerschmettern und seinem Freund, der die Ebba flugs so klug umschwirrt, dass man sich in Luft auflöst, das Gesicht zu zerschneiden, schlurft die Socke ohne Gruß zur Tür, schwelend angefüllt von der Hoffnung, dass ein das ganze Lokal erfassender Bann verhindern möge, dass sie, die Socke, wie überhaupt ein Mensch im Lokal, auf die Straße treten kann, stattdessen an den Scheiben klebt, großäugig herausglotzt auf den, kaum heraufgezogenen, schon wieder abgesoffenen Tag, bis schließlich die ganze Mannschaft singt, dass wir nicht zwei sind, meine Liebe, und nein, auch drei sind wir nicht, sondern eins, nur eins, nur eins! Doch die Tür schwingt auf und die Socke schleppt sich bleiern zurück, greift, Unendlichkeiten zu früh, das Wägelchen und verteilt Prospekte bis morgens um acht. Von einem Gewicht herabgezogen, das im totenstillsten Meeresdunkel, wo die Kugelfische leuchten, versenkt werden sollte, fällt sie ins Bett, liegt beerdigt unter der Decke und steht, kaum die Augen zugeschlagen, wieder auf, ergreift das jahrzehntelang unbenutzte Kochmesser und schlitzt, sobald sie atemlos angelangt ist vor seiner Tür und eine Viertelstunde lang den Finger in den Klingelknopf gebohrt hat, Wilfrieds Kehle durch. Das Lichterspiel der frühen

Sonne auf der Lache, die unter dem Kopf des minutenlang strampelnden und blubbernden, dann endlich stocksteif daliegenden Freundes aufquillt, rostrot, ein flüssiges Eisen, lässt die Socke lächelnd niederschauen in das eigene, darin widergespiegelte Gesicht, eins mit sich und still, totenstill.

Der Überfall

So ein Geiger, der alles erreicht hatte, Konzertmeisterstatus, Studioeinspielungen, Jurorentätigkeit und Preise, zahllose Preise, beendete seine Karriere, weil ihn eines Morgens, ohne dass er je darüber nachgedacht hatte, ein Überfall verlockte. Vielleicht, weil er der jahrelangen Gängelung durch Dirigenten, Komponisten und Kollegen überdrüssig war, vielleicht, weil der abendlich eingeflößte Alkohol noch nicht vollends verdampft war, vielleicht, weil morgens vor dem Spiegel und abends im Bett und immerzu, immerzu das Alter an ihm nagte, wer kennt sich damit aus? Schon die Beschaffung der Waffe, samt Übergabe in einem beißend verstinkerten Bahnhofsklokabinchen, erwies sich als unerwartet mühsam. Wenn auch nicht so mühsam wie der Sprint zu dem, aus Mangel an Komplizen, führerlos und unverriegelt vor der Bank wartenden Fluchtfahrzeug. Im Grunde aber war auch der Sprint nicht mühsam, denn für den Weg vom Schalter bis zum Wagen benötigte er nicht länger als sieben Sekunden. Mühsam, ja, fast zu Tode ermüdend, war bloß, dass der Fahrersitz, den er erst vor acht Minuten verlassen hatte, jetzt von einem Kind besetzt war, das dort, während seine Mutter schreiend über den Parkplatz heranlief, mit lauten Brummgeräuschen Fahren spielte. Allerdings konnte unser Geigenmann die Brummgeräusche und das Geschrei der Mutter, wie, nebenbei bemerkt, einen jeglichen Laut der Welt, nicht hören, da sein für gewöhnlich allein von Symphonien erfülltes Gehör von einem zur Einschüchterung der Bankkundschaft sowie des Personals gleich eingangs abgefeuerten Schuss wie verstopft war. In der einen Hand die mit Geldbündeln gefüllte

Plastiktüte, in der anderen die Pistole, musste er zu Fuß weiterflüchten, und während die harten Absätze seiner Lackschuhe auf die Steinplatten knallten, was ihn aber bloß als sanftes Klicken erreichte, erinnerte er sich daran, wie sie durch die Gänge in den Saal gelaufen waren, zur Bühne, die ganze Mannschaft, er und Gromann im Gleichschritt, die Geigenkästen geschultert wie Gewehre, ein Spaß, während Kemperer vor ihnen ging, mit schlafwandlerisch ausschwingenden Schritten, als wäre das Konzert schon aus und er ginge ganz für sich allein.

Lange Kurznachricht

Stell dir einen Wagen vor, so ein altes französisches Schiff, das auf dünnen Pfaden durch die Landschaft eines Western schaukelt. Für einen Überfall das ganz und gar falsche Gefährt. Dafür nehmen wir lieber einen Geländewagen, der am Ende, von Gewehrsalven zerlöchert und mit rauchendem Motor, von einer Klippe stürzt. Ohne uns natürlich, da wir, wenn auch erst in der letzten Sekunde, meine Liebe, herausgesprungen sind. Einmal abgerollt und schon wieder auf den Beinen, den Staub von Jackett und Kleid geklopft. Was für eine herrliche Explosion, rufen wir mit hochgestreckten Händen und stiefeln dann lächelnd durch die Prärie bis zu unserem Schiff, das, übrigens, hinter einem Kaktus parkt. Die Beute im Kofferraum verstaut, die Gewehre zwischen die Beine gesteckt und los. Kommst du mit? Sag mir die Antwort morgen in der Pause. Senden!

Der Unfall

Nach dem Unfall, der gar nicht stattgefunden hatte, lag er wochenlang im Bett und sah sich Röntgenbilder an. Bald konnte er Schräg-, Quer-, Dreh-, Trümmer- und Grünholzfrakturen unterscheiden. Sie hingegen, die, als es geschah, keinen Laut von sich gegeben hatte, ging zur Schule wie gewohnt. Schon bald war Abitur. Keinen Schrei der Angst vor dem Tod. Weil im Grunde nichts geschehen war. Auch gleich danach, als er gebremst und sich keuchend ans Lenkrad gekrallt hatte, da war sie still geblieben. Nichts. Nur der Regen, der auf die Scheiben prasselte. Nur die Autos, die vorüberjagten. Schließlich waren sie schweigend weiter durch die Nacht gerollt. Beide, so schien ihm, die Lichter des Wagens vor Augen, der ihnen bei dem Überholmanöver, das er lang hinausgezögert hatte, wie aus dem Nichts entgegengeschossen war. Zu Hause, in der Wohnung seiner Eltern, putzten sie die Zähne und zeigten sich die Zungen. Meine ist länger, sagte er zerstreut. Oh ja, sagte sie und lachte.

Das Fest

Nach einem Film von *Herschell Gordon Lewis*

Natürlich biegen die Jugendlichen von dieser Straße, die schnurstracks in die Ferien führt, ab, und warum? Vielleicht, weil der Weg zwischen den Feldern, aus denen eins, zwei, drei schwarzgedörrte Stengel ins Abendlicht weisen, eine Abkürzung verspricht? Dieser Grund, wie so viele andere auch, ging verloren. Schon herrscht das Dunkel. Schon leuchtet in der Ferne das Dorf und schon greifen die Menschen, das sind die Zahnräder eines über hundert Jahre alten Räderwerks, ineinander zur Vorbereitung des Fests. Tragen diese Menschen Masken im Gesicht, die weiß sind und rot sind und schwarze Augenlöcher haben? Nein, das tun sie nicht. Oh, ihr Jugendlichen, die ihr noch Hoffnung habt auf das lackrote Leben, in der Frühe empfängt euch das Fest. Diesen Satz sagt niemand. Ich erinnere ihn trotzdem. Genauso wie den in der Hitze sich wellenden Parkplatz vor der amerikanischen Videothek. Und immer noch kurven die Jugendlichen durch das ofenwarme Abschiedslicht. Bei ihrer Ankunft im Dorf prasselt Gelächter aus dem Bild. Eine den Schweiß aus dem Fleisch treibende Unterkunft wird den weit gereisten, den lieben, den weichen Körpern angepriesen. Die Laken sind weiß. Dass diese erste Nacht ins Licht der Sonne mündet, ohne dass ein Arm vom Rumpf geschlagen wird. Dass diese erste Nacht nur nackt und seidig dagelegen wird und nichts, gar nichts geschieht, wer möchte das sehen? Da, im jäh vom Himmel gebrochenen Morgen, trifft den Ersten, der noch vor dem Frühstück sich hat hinauslocken lassen aus dem

Gästezimmer des Grauens, eine Schaufel an den Kopf. Dummkopf! Und in der Ferne ist der Festplatz zu sehen und der Festplatz ist leer und der Festplatz ist sandig, ist staubig, eine Steppe, und der Festplatz füllt sich mit Augen. Schon strampelt der Jugendliche gefesselt unter einem Holzgerüst, bekommt den Mund mit Erde ausgestopft. Schon plumpst, ach, wärst du fortgelaufen in der Nacht, ein Mühlstein, von zwei kichernden Menschen über die Kante gerollt, herab. Das gibt ein stumpfes Quetschgeräusch. Dann, alle Augen kugeln links, rollt eine mit Nägeln gespickte Tonne über den Platz. Der Jugendliche, der darin zerstochen wird, schreit. Dann Stille und in der Stille Applaus. Dahinter öffnet sich das freie Feld. Wenige Meter hinter dem Letzten, der um sein Leben läuft, im Gegenlicht einer zitronengelben Sonnenscheibe, schwingt ein Mensch die Axt, schlägt sie nieder in den Boden, verfehlt den Fuß und verspielt das Bild des mit strömenden Stümpfen über das Feld robbenden Jugendlichen. Schon holt er wieder aus, stolpert, stürzt und schlägt mit dem Gesicht unglücklich in die ihm selbst zugewandte, die ganze Nacht lang für das Fest scharf geschliffene Schneide. Hundert Meter voraus der von Wolken umwehte Flüchtling. Ein Wagen hat gehalten. Und lebend sinkt der Jugendliche nieder auf den Beifahrersitz, der unter seinem Gewicht leise gurgelt und Blasen schlägt, rot glänzende und lautlos zerplatzende Blutblasen.

Oda

Sie wollte sich ein Kleid kaufen, oder nein, sie musste, ein schwarzes, oder einen Rock und eine Bluse, Kleider hatte sie schließlich genug. Auch wenn morgen Nachmittag niemand darauf achten würde, am wenigsten Tom. Vielleicht also doch ein Kleid. Zumal auch ihre anderen Kleider viel zu lang waren für die neuen Nylons. Erst heute morgen hatte ihr der Postbote, der wegen des wieder mal kaputt gewüteten Fahrstuhls in den fünften Stock hatte hochkeuchen müssen, das Päckchen überreicht. Ihre Unterschrift war bloß als konfuser Linienknoten über das Display seiner Box gewirbelt, da sie in Gedanken schon bei den altmodischen Clips und Strumpfbändern war, vor allem aber bei dieser Naht, die jeden, noch den hochnäsigsten Blick, herunterzwingen würde auf ihre fein gewölbten Waden.

Am nächsten Tag, nach der üblichen Schminkgymnastik mit Lippenspitzen, Wangenwölben, Liderflattern, warf sich Oda in den zerschrammten, beim Schalten laut aufjaulenden Kleinwagen ihrer Mutter und röhrte dann zwischen den Feldern dahin, leise ein Lied im Radio mitsummend, bis sie mit einem Schlag bemerkte, dass sie die ganze Fahrt über und auch schon zu Haus, in der Wanne, vor dem Spiegel, im Bett, ja, seit drei Tagen schon, seit Tom ihr den Termin gesagt hatte, untergründig an nichts anderes hatte denken können als an das Gesicht. Man hörte ja so oft von den Gesichtern. Dass sie heller wären als sonst. Wie von einer Haut aus Milch überzogen. Und in Filmen gab es immer diese Szenen, in denen die Leute sich niederknieten und die Verlorenen, die mit ihren milchweißen Gesichtern in der Kiste lagen, küssten. Aber das waren natürlich die Liebenden. Außerdem, die Wangen der Frau Kober weiß? Das erschien ihr ganz undenkbar. Auch ohne das geringste Rouge hatte ja Frau Kober immer zwei leuchtend rote Wangen gehabt, am frühsten Morgen schon, wenn Tom noch schlief, und sie, die Freundin im Haus der Eltern des Freundes, sich hinausgeschlichen hatte zur Toilette. Dummerweise war Toms Zimmer in diesem gewaltigen, weißen Kasten so gelegen, dass man es von der Küche aus genau im Blick haben konnte. Jedes Mal, wenn sie, Oda, morgens heraustrat, lehnte seine Mutter bereits am Küchentisch, umklammerte einen Kaffeekrug und schien sich mit ihren röntgenhaft strahlenden Blicken schon seit langem in die Tür gebohrt zu haben. Guten Morgen, flüsterte sie und winkte wie ein kleines Mädchen, woraufhin die Mutter bloß einmal das Kinn anhob und langsam wieder senkte.

Nachdem Oda den Familienmitgliedern ihr Beileid ausgesprochen hatte, dem Vater und dem Bruder mit Handschlag, Tom, indem sie seine Stirn an ihre Stirn gezogen hatte, und dann hineingetreten war in den schrecklich kalten Gottesraum, sah sie gleich, dass der vorne aufgebaute Sarg nicht offen stand, sondern zugeklappt und mit Bergen von Blumen überhäuft war. Sie setzte sich in eine leere Reihe und versuchte zu erkennen, ob unter all den Trauergestecken, den violetten und weißen Sträußen, den Schleifen, den Herzen, dem Schmuck, nicht doch ein Spalt zu sehen war, ein winziger Schlitz bloß, der hoffen ließ, dass der Sarg, vielleicht zum Ende der Predigt, noch einmal geöffnet werden würde, doch das war nicht der Fall. Wie immer sie aussehen mochte, milchig bleich oder mit aufgetuschter Bäckchenröte, Frau Kober lag im Dunkeln. Oda würde Tom später fragen, ob wenigstens er einen Blick hatte hineinwerfen dürfen. Schließlich sollte man, wenn jemand steif in einer Kiste lag, einen Blick auf ihn werfen dürfen, einfach, um sicher zu gehen, dass er sich nicht in Luft aufgelöst hatte, oder nicht?

Jetzt kam Unruhe auf am Eingang der Kapelle. Sie drehte sich herum. Durch die weit aufgesperrten Türen war ein Bus zu sehen, dem die Kollegen aus der Firma entstiegen. Sie lüfteten die Jacketts, ruckelten die Schlipse zurecht und bildeten eine vielleicht zwanzig Meter lange Kondolierschlange vor den drei Kobers. Nach und nach füllte sich die Kapelle. Als ganz zum Schluss auch Herr Kober und seine zwei Söhne, ihre drei Jungs, wie Frau Kober immer gesagt hatte, in der vordersten Reihe Platz genommen hatten, auch die seit Jahren alleinstehende Schwester der Mutter, von weit herangereist und gesegnet von mindestens drei strahlenden Sonnenscheinwochen, begannen alle zu singen. Im Anschluss sprach der Pfarrer über das Leben von Frau Kober, einer immer recht offenherzig an allem Kirchenklimbim, wie sie gern gesagt hatte, desinteressierten Frau, die er, der Pfarrer, der sein dackelhaft behaartes Gesicht bedächtig nach rechts und nach links wendete, höchstens ein paar Mal auf der Straße, aber niemals in seiner Kirche gesehen hatte. Durch Befragung der Angehörigen hatte er zumindest einen überblicksartigen Lebenslauf zusammenstoppeln können, mit dem er jetzt versuchte, ihre Persönlichkeit noch einmal aufleben zu lassen. Oda sah, wie Tom sich wand unter der künstlichen Beschreibung seiner Mutter, die diese, ebenso wie er, klar abgelehnt hätte.

Noch bevor der Pfarrer zum Schluss gekommen war, hatte sich Jan, der Bruder, erhoben, war unsicher, als hätte er nach hundert Tagen auf See soeben zum ersten Mal wieder Land betreten, nach vorn getaumelt und trug nun mit einer von Rotz blubbernden Stimme eine offenbar unangekündigte Rede über seine Mutter vor, die er hatte fragen können, was er wolle, die ihm Antworten gegeben habe auf sämtliche Fragen, auch solche, die er nicht einmal den besten Freunden zu stellen gewagt habe, und die ihm auch ganz konkret und praktisch erklärt habe, worauf zu achten sei in der Liebe. Die Verwunderung, die bei dieser Bemerkung in Oda aufzusteigen begann, spannte sich erst später zu der Frage auf, ob die Mutter ihre beiden Söhne in Fragen der Liebe womöglich sehr unterschiedlich beraten und belauert hatte. Dann, nachdem noch weitere Dinge gesagt und gesungen worden waren, über das Leben und den Tod und das Leben nach dem Tode, erhob sich die Gemeinde. Kurz war es still. Schließlich kämpfte sich Herr Kober aus der Bank und stolperte, von seinen Söhnen untergehakt, mit gesenktem Kopf und hin und wieder so hell aufschluchzend, dass Oda meinte, ein Tier zu hören, den Gang hinunter, dem Sarg hinterher, seiner Frau darin, die von sechs Trägern in, wie Oda gleich bemerkte, clownsartig großen Anzügen durch die wie von selbst aufschwingenden Türen der Kapelle ins Freie getragen wurde.

Nach endlosen Minuten, in denen nichts zu hören gewesen war als nur die Schritte im Kies, erreichte der Trauerzug das Grab. Mit dicken Seilen ließen die Clowns den Sarg in die Grube hinunter. Herr Kober und seine Söhne standen blockartig zusammengedrückt davor. Dann wurde dem Vater eine Schippe gereicht, ein grünes Plastikschippchen, das eher auf einen Spielplatz zu gehören schien als auf einen Friedhof, er stieß es in das bis zum Rand gefüllte, ebenso lustig grüne Eimerchen und ließ den Sand kraftlos auf den Sarg herunterrieseln. Darin, auch wenn offenbar niemand nachgeschaut hatte, lag seine Frau, mit einem erstickten Herzen in der Brust, das sich selbst nicht mehr versorgen konnte, weil die Wände der Gefäße sich verdickt hatten, weil sich Fett in diesen Wänden abgelagert hatte, und weil dieses abgelagerte Fett plötzlich eingerissen war, und weil sich an diesem Einriss ein geschwüriger Defekt entwickelt hatte, der sich mit den vorbeifließenden Blutplättchen zu einem Gerinnsel verklebt und verbacken hatte, so dass das Gefäß, vielleicht die Arteria coronaria sinistra, zunächst verengt und dann verschlossen gewesen war, was erst zum Untergang von Myokardgewebe geführt hatte, und in der Folge zum Flattern und Flimmern der Kammern und schließlich zum Stillstand des Herzens und dann zum Tod. Im Grunde genommen bloß eine Frage von Raum und Zeit, dachte sie, der Raum war zu eng und die Zeit war zu kurz. Nun, wenn man genauer hinschaute, worauf sie sich schon freute, so sehr sogar, dass ihr das Leben gelegentlich wie eine Zugfahrt durch einen Tunnel vorkam, mit Keuchen und Rattern auf einen Lichtpunkt zu, war es sicher doch nicht ganz so einfach. Aber sie war froh, sich über den Biologieunterricht hinaus schon ein paar Dinge angeschaut zu haben, in Büchern und Videos, zahllosen Videos, die zum Beispiel zeigten, wie das Geflecht der Koronargefäße, wenn das Blut sie dunkel durchstößt, zuckt wie eine das Herz umgreifende Spinne.

Jetzt war sie an der Reihe. Der Bruder reichte ihr die Schippe, und als stünde man auf dem Schulhof, sagte sie zur Begrüßung bloß Hey. Hey, wiederholte Jan mit einer Stimme, die klang, als rieben zwei rostige Metallplatten übereinander. Nachdem sie die Schippe weitergegeben hatte, versuchte sie Toms Hand zu greifen, doch die war zu einer Faust verklammert, die sich erst beim Leichenschmaus langsam zu lockern begann. Kaum aber, dass sie sich mit ihren glatten dünnen Fingern hineingegraben hatte, fühlte sich die eben noch so steinern zusammengeballte Boxerfaust an wie ein feuchtes, kaltes Kotelett. Mit der freien Hand nahm sie noch etwas von dem klebrigen Bienenstich, mit dem man hier, in der Grünen Stute, dem friedhofsnahen Gasthof, die Trauergäste zu ermuntern gedachte, und sah ihren Freund von der Seite an. Er hatte weder Kaffee noch Kuchen angerührt und guckte nur stumm auf den Tisch. Kaum ein Jahr waren sie zusammen und wie es weiterginge, wenn bald, in einem knappen Monat, die Schule aus war, konnte keiner sagen. Würde er mit dieser Trauer in der Brust sein Abitur überhaupt bewältigen? Während sie versuchte, die zuckrige Klebemasse mit der Zunge aus den Winkeln der Zähne zu stoßen, sagte er, er brauche sie jetzt. Ich weiß, sagte sie und legte einen Arm um seine Schultern. Nein, erwiderte er, ohne aufzusehen, weißt du nicht. Aber da bin ich trotzdem, sagte sie und drückte ihren Oberschenkel gegen seinen, außerdem siehst du unverschämt aus, setzte sie nach und ließ den Blick langsam über seinen schwarzen Anzug gleiten, zu dem sie ihn mit viel Mühe hatte überreden können. Schade, dass er morgen sicher wieder seine schreckliche Kampfjacke trug. Jetzt blickte er sie an mit diesem Grübelkrater zwischen den Brauen, für den er im ganzen Jahrgang bekannt war. Unverschämt gut, hauchte sie hinterher, griff seine Hand und legte sie auf ihr Knie. Statt nun aber zuzudrücken und sich unter dem Rock knetend zur Strumpfkante vorzuarbeiten, die Clips zu betasten, am Halterband zu zupfen, floh seine Hand zurück auf den Leichenschmaustisch. Dann murmelte er irgendeine Entschuldigung und schob sich zwischen den Stuhlreihen davon in Richtung Toilette. Also wieder warten. Manchmal fragte sie sich, was sie eigentlich an ihm mochte. Das Warten sicher nicht. Und sonst? Vieles, eigentlich alles. Zum Beispiel, wie er vor drei Monaten, als sie für ein Wochenende nach Genua geflogen waren, zu ihrem ersten gemeinsamen Urlaub, unbedingt diesen Platz hatte aufsuchen müssen, auf dem angeblich irgendwann irgendein Demonstrant von der Polizei getötet worden war. Dass sie bloß die Taschen aufs Hotelbett geworfen hatten, statt es richtig einzuweihen, war natürlich schade gewesen, aber wie er sie dann durch diese engen Gassen gezogen hatte, schweigend und zielstrebig, das hatte ihr gleich wieder ganz wunderbar gefallen.

Zum Zeitvertreib ließ sie ihren Blick über die Tische gleiten. Sie kannte niemanden hier. Schließlich blieb sie an einer fülligen Frau hängen, deren zerknittertes Gesicht sich eben unter den Stößen eines befreienden Gelächters wieder zu glätten begann. Daneben saß, strichdünne Lippenlinie, ihr Mann. Ohne sich lang zu besinnen, kritzelte Oda auf eine Serviette, dass sie hier in der Grünen Stute ein Zimmer mieten und dort auf ihn warten werde. Komm zu mir, komm schnell! Schon eilte sie zur Rezeption, fragte, ob es heute, für jetzt, jetzt sofort, noch ein Zimmer gebe, musste irgendeinen Wisch unterschreiben, den der hamsterbackige Angestellte ihr müde hingeschoben hatte, bekam einen Schlüssel und lief dann hinauf in den ersten Stock und warf sich lachend aufs Bett.

Sie schloss die Augen. Es roch nach nassen Badehandtüchern, die tagelang in einer Tasche vor sich hingemodert hatten. Vielleicht wäre ja im Herbst, wenn sie beide ihre Studienplätze bekämen, er einen hier und sie einen dort, weit auseinander, alles vorbei. Natürlich, sie zweifelte auch manchmal, aber bei den wichtigen Dingen, da wusste sie genau, was sie wollte, nämlich studieren, und zwar Medizin, danach möglichst bald in eine Führungsposition aufrücken, am besten Stationsleitung, oder doch lieber eine Praxis eröffnen? Das würde sich zeigen. Im Grunde aber genau wie Frau Kober, die ja die ganze Logistik des Konzerns unter ihrer Fuchtel gehabt hatte, so der Ausdruck von Herrn Kober, während er mit seiner Lehrerstelle am Gymnasium genügend Zeit hatte, den Hauskram zu erledigen, so der Ausdruck von Frau Kober. Oder war ihr räumliches Vorstellungsvermögen für ein Medizinstudium am Ende gar nicht gut genug? Aber sie trainierte doch fleißig. Auch jetzt konnte sie sich sehr genau vorstellen, wie und wo und in welchem Winkel Tom in dem Raum unter ihr Platz nehmen würde. Oder schon wieder Platz genommen hatte. Gleich würde er auf die Serviette blicken und aufspringen. Oder eher lächelnd sich erheben. Sie schaute in den Spiegel. Dieses hochgeschlossene Rüschenbiest, das ihr gestern noch als ein raffinierter, klösterlicher Kontrast zu den Nahtnylons erschienen war, heute sah es einfach nur entsetzlich aus. So bieder. Hätte sie sich stattdessen zu dem schicken schwarzen Kleidchen mit dem goldenen Reißverschluss hinreißen lassen, das ihr gleich als erstes ins Auge gesprungen war, dann läge Tom sicher längst hier oben neben ihr, oder unter ihr, denn diesem Reißverschluss, der nicht auf dem Rücken angebracht war, sondern vorn, über den Brüsten, wo er mit einem Schwung zum Saum hätte heruntergeratscht werden können, dem hätte er nicht widerstanden. Auch wenn es eigentlich egal war, was für ein Kleid sie trug. Selbst wenn sie eingemummelt wie ein Grönlandforscher angekommen wäre, so hätte er sie doch nach dem ganzen Schrecken, dieser, in seinem Kopf, vermutlich die ganze Stadt, wenn nicht gar, zumindest für Sekunden, oder sogar Stunden, den ganzen Planeten leersaugenden Todesdrift, vom Leichenschmaustisch wegreißen und von selbst in die nächste Toilettenkabine hinein oder auf dieses knarzende, keimige Wirtshausbett hinaufstoßen müssen, was er aber nicht getan hatte, leider, obwohl doch immer, in jeder Geschichte, jedem Film, von dieser gärenden Körperlichkeit die Rede war, mit der ein Sarg, ein Grab, ein Tod ausgelöscht werden musste, und die auch sie in sich brodeln fühlte, immerzu und überall, weil sich nämlich sonst der dumme Tod, und zwar wie ein Wurm, hineinzubeißen wüsste in das Leben und das lebendige Fleisch, unter der Haut herumkriechen würde, immer weiter, immer höher, bis er schließlich in den Kopf eingedrungen wäre und dieser nichts mehr zu denken verstünde als nur noch diesen Wurm, der jetzt die Augen zu steuern beginnen würde, auch die Ohren, auch die Nase, so dass von außen nichts mehr hineingelangte als bloß noch Bilder und Töne des Todes, bis die Welt als Ganze sich abgestorben anfühlte, nach nichts mehr riechend als nur nach abgenutzten Organen, nach vermoderten Muskeln und Meeren muffigen Bluts.

Sie schreckte hoch. Sie hatte geschlafen, griff das Handy. Ein Glück, eine Dreiviertelstunde bloß. Aber wo war Tom? Schnell schrieb sie eine Nachricht. Ich liege nackt im Bett und, aber nein, Quatsch, viel zu direkt. Ich bin hier oben und erwarte dich. Aber das war zu lasch. Noch einmal. Ich liege im Bett, gleich über deinem Kopf. Nicht gut, aber besser. Senden! Ruckartig stand sie auf, öffnete das Kleid und lauschte hinunter in den so genannten Raum für Festlichkeiten. Stühlerücken und Geschirrklappern. War etwa schon alles vorbei? Sie stieg in Unterwäsche und Stiefeln aus dem Häufchen, zu dem sich das Kleid am Boden verkrumpelt hatte, trat ans Fenster. Eben setzte sich der Bus mit einem erschöpften Seufzer in Bewegung und rollte vom Hof. Sie sah aufs Handy. Keine Antwort. Ach, da unten lief er ja. Jetzt umarmte er seine Tante. Der Bruder und der Vater saßen schon im Wagen. Mein Gott, Tom! Sie drückte seine Nummer und sah, während es tutete, wie er das Telefon hervorzog, schaute, wer anrief, und es dann zurück in die Jacketttasche gleiten ließ. Dann schlüpfte er, statt wie gewöhnlich schlaff auf die Rückbank zu sacken, hinters Lenkrad. Schnell kämpfte sie sich in das Kleid zurück, diese verdammten Knöpfe, und rannte die Treppen hinunter. Doch als sie den Parkplatz erreichte, sah sie gerade noch die Rücklichter des Wagens, der sich zügig über die Landstraße entfernte.

Genua

Nachdem er sich durch ein Gewirr schattig blauer, modrig klammer, kaum eine Armspanne breiter Gässlein gekämpft hatte und plötzlich auf eine erschreckend leer und still daliegende Piazza getaumelt war, sah er endlich das Hotel. Er wuchtete den verfluchten Koffer in sein Zimmer hoch, lag eine halbe Stunde lang wie eine Leiche auf dem Bett, dann hielt er es nicht mehr aus und rannte zum Bahnhof. Am Ende half vielleicht nur noch eine Fahrt die Küste entlang. Leider befand sich der einzige freie Platz in einem Großraumabteil, in das jemand mit Unrat an der Hacke eine Spur streng riechender Abdrücke hineingestempelt hatte. Die Nasen der übrigen Reisenden schienen aber derart zerrüttet zu sein, dass sie nicht einmal das zweite der beiden Klappfensterchen aufrissen, die es hier gab. Vielleicht glaubten sie auch nicht mehr daran, dass das Leben jemals besser würde. Ab der nächsten Station war der Waggon mit Leuten derart vollgestopft, dass sich ständig fremde Hände an seine Lehne klammerten und ihm dabei in die Haare griffen. Das Mädchen, das neben ihrer schnarchenden Mutter vor ihm saß, streckte ihm eine Gummischildkröte entgegen und machte dazu Galoppgeräusche mit der Zunge. Kaum war er angekommen und hatte eine Viertelstunde aufs Meer gestarrt, setzte er sich in den nächsten Zug und gondelte rasend langsam wieder zurück, marschierte verbiestert ins Hotel. Endlich im Bett schlief er zwei Tage und zwei Nächte lang und wäre am liebsten nie wieder erwacht.

Cleo

Nach einem Film von *Agnès Varda*

In zwei Stunden wissen wir mehr, sagt der Arzt. In zwei Stunden erst, ruft Cleo und lässt sich die Karten legen. Doch wer will im Ernst den Karten glauben? Schon sitzt sie auf der Rückbank, fährt schweigend durch die Stadt. Drei, vier Jungs auf Motorrädern knattern lächelnd vorüber. Sie kauft sich einen Hut und zu Hause, in der Wohnung, diesem Wohnzimmersaal, begrüßt sie die huschenden Felle, Katzen überall, sie rutschen über die Dielen wie über einen blitzgefrorenen Sommersee. Cleo hingegen hängt sich an die Stange, aber einen Klimmzug, nein, den macht sie nicht. Soll alles, auch das Dümmste, Schlimmste, Schönste, weiterleben ohne sie? Die Mamsell sitzt im Hintergrund und strickt leichte, oh, Wunder wie luftige Maschen. Nur Cleo, die nichts als einstudierte Sätze spricht. Sind die Untertitel Schuld oder ist es die Angst, die ihr die Zunge verknotet? Jetzt treten auf: der Barpianist und seine Trompete. Und Cleo, die Sängerin, sie singt dazu. Ein Chanson singt sie jetzt. Das sie aber selbst so sehr ergreift, dass sie schimpfen muss. Die Musiker beschimpfen. Raus mit euch! Mit einer Freundin versucht sie einen Film zu sehen, zur Beruhigung, glaube ich, und mit einem Regisseur in der Hauptrolle, ach, was für ein sterbenslangweiliger Stummfilm.

Der Morgendliche

Der Morgendliche mit seiner berühmten Elektrizität im Leib, heute quält sich er den Vormittag hinauf und stolpert dann erschöpft hinunter in die Nacht.

Das Ohr

Als er das Handtuch mit Schwung von seiner Glatze zog, ratschte er sich, als wäre es bloß aus Papier, das rechte Ohr vom Kopf. Erstaunt, dass ihn kein Schmerz durchbrüllte, verfolgte er den Sturz des Ohrs. Es traf auf den Waschbeckenrand, stauchte gummiartig zusammen, schnellte wieder in die Höhe und landete schließlich auf dem Spiegelbord. Mit einem Wattestäbchen stieß er dagegen. Doch statt davonzurobben, wie eine Raupe vielleicht, die den Rücken wölbt und sich wieder streckt, blieb das Ding tot liegen. Eilig untersuchte er die Wunde. Zum Glück war es nur ein Schlitz an der Seite seines Kopfes. Lappen von Haut senkten sich ins Dunkel. Doch Blut kam keins heraus. Er prüfte den Halt des anderen Ohrs. Zunächst mit vorsichtigem Zupfen am Läppchen, dann mit einem kräftigen Ruck. Doch das andere Ohr saß bombenfest. Fürs Erste könnte er eine Mütze tragen. Das lebendige Ohr würde er zur Tarnung hervorgucken lassen und den ekelhaften Schlitz auf der anderen Seite verbergen. Aber was würden die Schüler sagen, wenn er im Klassenzimmer eine Mütze trug? Eine Woche lang würden sie ihm die vorgeschützte Erkältung vielleicht abkaufen, aber dann, was dann? Irgendwann würde irgendeins der kleinen Ungeheuer die Mütze von seinem Kopf reißen und alle könnten sehen, was geschehen war. Nein, er musste das Ohr wieder annähen, oder nein, ankleben, dann stutzte auch niemand über die Naht. In der Küche zog er sich Putzhandschuhe über, drückte eine dicke Spur Alleskleber auf das Ding und presste es dann mit Gewalt an seinen Kopf. Trotz der Handschuhe fuhr ihm ein faustartiger Würgereiz in den Hals. Endlich ließ er los. Und es hielt, ein Glück, verdammt noch mal, es hielt!

Der Klassensprecher

Einmal, als ich in der dritten Klasse war, stieg ich aus dem Fenster. Alle schliefen schon. Ich stahl mich durch den Garten und setzte mich an den See. Die Leute, die lachend hinter mir vorübergingen, beachtete ich nicht. Obwohl ich noch nie allein draußen gewesen war, nachts. Heute morgen aber war ich zum Klassensprecher gewählt worden. Nicht, weil ich der Schnellste wäre oder der Schlauste oder Schönste, sondern weil man mich geschlagen hatte, getreten und geboxt, in den Magen, in den Rücken. Meine Tränen, die Feuerkugeln gleich über meine Wangen gerollt waren, hatten das Mitleid der Klasse erweckt. Ich warf einen Stein in den See. Wie ein Mensch, der versinkt, nur leiser, vielleicht ein kleiner Mensch. Ich weiß nicht, welche Aufgaben einem Klassensprecher gestellt werden, doch ich werde sie alle erfüllen. Nur was ich tun werde, wenn der Schläger, dessen Namen ich nicht mehr aussprechen mag, niemals wieder, sich nach einer Woche gespenstischer Stille erneut nach vorne schiebt, das weiß ich nicht. Vielleicht beginnt er auf dem Pausenhof, die Anderen heimlich anzulocken, mit Schokoladekugeln vielleicht. Und als nächstes wird er die Lüge verbreiten, dass er mich in Wahrheit habe verteidigen wollen, gegen einen Viertklässler, dessen Schlag mich aber trotzdem getroffen habe, so dass ich, aus nackter Enttäuschung über den schon sicher geglaubten, leider aber wirkungslosen Schutz, wird er sagen, behauptet habe, er, statt des Viertklässlers, habe mich geschlagen. Ich aber sage euch, der Schläger, der übrigens bei der Einschulung geweint hat, er lügt, genauso wie er früher, vor der Schulzeit, wenn wir im Garten gespielt haben und er gefangen genommen und gefesselt wurde, geweint hat, immer geweint, ja, der Schläger ist unser Feind, denn wer weint, wenn seine Mama ihn verlässt, der weint auch bei Gefahr und wird dadurch selber zur Gefahr. Das Leben, meine lieben Freunde, es ist gefährlich, also müssen wir mutig sein, auch wenn wir dabei zu Grunde gehen. Dann schlich ich zurück ins Haus und legte mich leise ins Bett.

Auf dem Dachboden

Das Gebälk des Dachstuhls, ausgetrocknet und wieder durchgefeuchtet von den vielen, durch das Haus gewanderten Jahren, knackte in der Mittagshitze. Wenn Anton das Gewicht seines Körpers, das gering war, wolkenhaft, dachte er manchmal, von einem Fuß auf den anderen verlagerte, knarrten die Bohlen. Aus den Hacken wuchsen die Schatten seiner Beine hervor und verschmolzen mit dem Dunkel in seinem Rücken. Jetzt stand der Atem still in seinem Hals und er hätte gern das Fenster aufgestoßen.

Am Nachmittag war er noch hinausgefahren auf die Felder, um seinen Satz inmitten des ihn fast verschluckenden Korns so lange vor sich hinzusprechen, bis er sicher war, dass er auch im Ernstfall herausflöge aus seinem Mund wie ein Pfeil, der jede Frage, noch bevor sie laut werden konnte, durchbohrte. Mein verehrtes Fräulein, hatte er gesagt und absichtlich so eine feine, alte Anrede gewählt, um von seiner in der letzten Zeit gelegentlich schrill in die Höhe fahrenden Stimme abzulenken. Mein verehrtes Fräulein, sagte er auch, als die Tür aufging und sie vor ihm stand. Mein verehrter Herr, rief Hanna gleich, komm, ich zeig dir was!

Kaum gerufen, da rannte sie schon und er hinterher, die Straße hinunter bis zum Haus ihrer Großeltern. Wenn der alte Kasten einfach zusammenbrechen würde, keuchte Hanna und sah sich eilig um, bevor sie aufschloss, das wäre meinen Eltern das Liebste. Sie führte ihn durch das Wohnzimmer. Staubflocken flogen auf von dem seit der Beerdigung unberührten Boden. Sie hinterließen große, über den Tritt ufernde Stapfen. Die weißen Tücher über den Möbeln schwangen langsam über das Parkett. Vor einem halben

Jahr war sie verstorben, neunzigjährig, an einem verknöcherten Herzen, wie Antons Mutter gesagt hatte. Sie stapften die Treppe hinauf.

Vor zwanzig Jahren, sagte Hanna, nachdem sie eine Weile schweigend im Dachboden gestanden hatten, hat sich mein Opa hier erhängt. Sie zeigte in die Höhe. Genau hier, sagte sie und schlug mit einem Strecksprung gegen einen Querbalken. Sie kam schief auf die Füße und stolperte rückwärts gegen Anton. Er krallte die Finger in die Handflächen und fuhr die Arme aus. Ihr Rücken war noch warm vom Laufen, und als sie Luft holte, spürte er ihre Wirbel auf den Rippen. Ich würde dir, begann er schließlich. Ja, bitte, sagte sie und drehte sich aus seinem Arm. Die Dachhälften liefen zu den Seiten des Balkens herab. Ich würde dir mein Herz zu Füßen legen, sagte er dann und blickte fest auf ihre linke Brust. Als sie still blieb, stopfte er die Hände in die Hosentaschen, kippte den Kopf in den Nacken und ging mit steifen Beinen auf das Fenster zu. Der bloße Anblick ließ ihn das Gewicht des dunklen Balkens spüren. Als er vor dem Fenster stand, hörte er Hanna. Sie atmete mit geöffneten Lippen. Aber?, fragte sie.

Die Herrin

Hör zu, jeden Morgen, bevor sie ihre Füße auf den Boden setzte, griff die Herrin unters Bett. Kurz kreiste ihre Hand durchs Dunkel, dann stieß sie nieder und packte zu. Es gab kaum jemanden hier, dem nicht ein Arm ausgerissen war oder der Bauchraum aufgestochen. Doch als sie schließlich mich erwischte, drückte sie mir bloß ein Papier aufs Gesicht. Ich dachte erst, ich würde verschont. Aber dann stach sie eine Nadel durchs Papier und direkt in meine Stirn. So war das bald jeden Morgen. Seit ich denken kann, bin ich gestochen worden, oder seit ich gestochen wurde, kann ich denken, so genau kann ich das nicht unterscheiden. Dazu sprach sie so, als kämen ihr die Worte rückwärts aus dem Hals. Erst gegen Ende war sie wieder zu verstehen. Fühlst du das, fühlst du das?, zischte sie. Zum Glück fühlte ich nichts. Auch heute nicht, als sie mir drei Nadeln in die Brust rammte und noch mal fünf in den Bauch. Zum Abschluss nahm sie eine Handvoll Reißzwecken und steckte mir das Papier an Stirn, Kinn und Wangen fest. Dann presste sie mich mit beiden Händen auf ihr Kopfkissen. Als könnte ich mich wehren oder davonlaufen. Mit dir bin ich noch nicht fertig, flüsterte sie und verließ das Zimmer. Noch lange nicht, schrie sie auf dem Flur. Normalerweise entfernte sie die Nadeln wieder und versteckte sie in der Schublade ihres Nachttischchens, bevor sie mich zurück unters Bett schleuderte. Auf ihrem Kissen konnte ich nur an die Ferien denken. In den Ferien nämlich, ich hatte es schon dreimal erlebt, da war alles anders. Aber nicht schlimmer, wie du vielleicht denkst. Die Herrin blieb zwar zu Haus, doch ich, statt nun den ganzen Tag misshandelt zu werden, nicht bloß morgens vor der Schule, wurde mit Croissants gefüttert. Und am Nachmittag steckte ich in ihrem Lenkerkorb und wir rollten mit Geklingel und Gesang an den Gärten vorbei. Abends wurde ich gebadet und gepflegt und nachts an ihre Wangen gedrückt. Sie schlief und ich wachte. Doch wenn die Ferien vorbei waren, musste ich zurück unters Bett, lag wieder allein zwischen den zerstörten Gefährten und wurde gefoltert, sobald der Wecker schrillte. Heute machten mir die Reißzwecken Angst. Zum ersten Mal. Nicht nur, weil sie das Papier auf meinem Gesicht feststeckten und ich nichts sehen konnte, sondern weil mir schien, als würde ich etwas spüren. Ganz leicht nur. Waren das diese Schmerzen? Nicht dass du mich falsch verstehst, natürlich wusste ich, was Schmerzen sind. Allerdings kannte ich sie bloß vom Spielen. Manchmal, in den Ferien, legte mich die Herrin vor sich hin und sprach für mich: Aua, Mama, ich habe große Schmerzen. Oh, meine Kleine, antwortete sie, was tut dir weh? Ach, Mama, mein ganzer Körper tut weh. Doch jetzt pass auf. Obwohl die Herrin gerade erst den Ranzen aufgeschnallt und das Haus verlassen hatte, wie immer schimpfend und klagend, ging unten plötzlich die Tür wieder auf. Getrappel auf der Treppe, dann kam sie schon hereingestürmt. Hektisch zupfte sie alle Nadeln und Reißzwecken ab. Ich war so erleichtert, dass ich erst gar nicht bemerkte, dass sie weinte. Tränen stürzten aus ihrem Gesicht auf meins. Und genau in diesem Augenblick, als die erste Träne auf mir aufschlug, da durchschoss mich der Schmerz sämtlicher Stiche, die sie mir jemals zugefügt hatte. Sie selbst bemerkte es nicht. Sie drückte mich an sich und wimmerte, vergib mir, bitte, vergib mir. Dabei fiel mein Blick auf die Vorderseite des Papiers, das sie so oft auf mein Gesicht gesteckt hatte. Es war ein Foto, das ein Mädchen zeigte. Ungefähr so alt wie die Herrin, aber mit einem vergnügten Gesicht. Allerdings war es von Stichen derart durchlöchert, dass man es kaum erkennen konnte. Während sie mich an sich drückte, schien sich mein Körper langsam mit Leben zu füllen. Am liebsten hätte ich der Herrin all ihre Nadeln in den Nacken gespießt und zugeschaut, wie sie röchelnd verreckte. Schon krachte die Tür ins Schloss und ich lag wieder allein auf ihrem Kissen. Ich kann dir nicht erklären, warum, aber plötzlich, da spürte ich was, meine Füße, sie bewegten sich, oder nein, falsch, ich, ich selbst bewegte meine Füße, nach rechts und nach links, vor und zurück, und vermutlich hätte ich sie noch lang erstaunt angestarrt, wenn nicht zu hören gewesen wäre, wie die Herrin erneut die Treppe hochkam. Hatte sie vielleicht nur einen schwachen Moment gehabt? Würde sie mich gleich erneut mit tausend Nadeln spicken? Eins war klar, ich könnte nicht einen Stich mehr ertragen. Auch nach hundert Streicheleien nicht. Ich musste verschwinden. Kurz hatte ich befürchtet, ich müsste erst monatelang daliegen wie ein Baby, bis ich meine Glieder lenken konnte, wie ich wollte, doch ich erhob mich einfach. Die Beine zitterten, aber ich stand. Ich machte einen ersten Schritt, dann den zweiten und schon hatte ich das Seitengitter erreicht. Draußen näherte sich die Herrin. Eilig überwand ich über das Gestänge, strampelte mit den Beinen ins Leere und ließ mich fallen. Nach dem Aufschlag war ich kurz benommen. Seltsamerweise, denn für gewöhnlich war ich immer wach gewesen. Ein Glück nur, dass ich nicht in die Reißzwecken gestürzt war. Die Herrin hatte sie einfach auf den Boden geworfen. Ich blickte unters Bett, winkte all den unbelebten Gestalten zum Abschied, dann rappelte ich mich auf. Das Gehen war zwar ungewohnt, aber nicht völlig fremd. Alles, im Grunde jede Bewegung, sei es mit den Augen oder mit den Fingern, kam mir von ferne her bekannt vor. Und mit jedem Schritt schienen sich meine Beine besser zu erinnern. Schon war ich an der Tür. Doch die Klinke war nicht zu erreichen. Zum Glück hörte ich da die Herrin auf dem Flur. So schnell ich nur konnte, eilte ich zurück, schnappte mir drei Reißzwecken, lief wieder zur Tür und konnte sie gerade noch rechtzeitig so verteilen, dass die Herrin, als sie ins Zimmer kam, mit ihren nackten Füßen hineintrat. Sie schrie auf und ich huschte hinaus, hetzte durch den Flur, im Zickzack, falls sie mir nachjagte. Blitzschnell blickte ich über die Schulter. Nein, sie war noch im Zimmer. Aber wer weiß, wie lange noch. Ich sprang in ein Regal, drückte mich zwischen zwei Bücher und hatte eben eins der beiden schweren Biester quer nach vorn geschoben, um die Lücke zu verschließen, als die Herrin auf den Flur gehumpelt kam. Nach einigen Schritten warf sie sich auf den Boden und heulte dermaßen schrill auf, dass ihre Mutter kam. Wie dumm ein Mädchen bitteschön sein könne, fragte sie laut und zog ihre Tochter ins Bad. Zu gern hätte ich gelauscht, wie die Herrin zur Sau gemacht wurde. Stattdessen nutzte ich die Gelegenheit und ließ mich Stufe für Stufe die Treppe hinab. Ich hatte knapp die Hälfte geschafft, als die beiden aus dem Badezimmer kamen. Jetzt musste es schnell gehen. Also sprang ich blind nach vorn. Hinter mir stampfte die Mutter heran. Ich krachte auf die unterste Stufe, zwang mich in die Höhe und stolperte auf die Katzenklappe zu. Mein Gott, was ist das denn!, rief die Mutter. Ich warf mich hinaus. Kaum draußen schlug mir die zurückschwingende Klappe gegen die Stirn. Es klopfte, es brannte, es dröhnte. Ich taumelte auf den Gartenweg, gab mir Ohrfeigen, um mich zur Besinnung zur bringen. Fast hatte ich das Tor erreicht, als die Katze mich erwischte. Ein Pfotenhieb und es kugelte mich bis vor den Zaun. Die Krallen hatten mir den Bauch aufgeschlitzt. Watte quoll hervor. Ich blieb liegen wie tot. Sie pirschte sich heran und senkte ihr komisches Katzengesicht auf mich herab. Zunächst roch sie an mir, kitzelte mich mit ihren Barthaaren. Dann ging die Haustür auf und sie schnellte erschrocken davon. Ich erhaschte noch einen Blick auf die Mutter, die mit einer zum Schlag erhobenen Schaufel auf mich zugestiefelt kam, dann zwängte ich mich durch eine der Lücken im Zaun und war frei. Eine Hand auf dem Bauch, damit die Watte nicht weiter hervorquoll, sah ich mich um. Wohin jetzt? Rechts waren Menschen, links kamen Hunde, und hinter mir die Mutter. Also geradeaus. Ich war so in Panik, dass ich gar nicht darauf achtete, wohin ich lief. Ich hatte eben drei Schritte getan, als es schlagartig dunkel wurde und mich ein dröhnender Luftwirbel zur Seite riss. Die Straße, stell dir vor, ich war einfach auf die Straße gerannt. Bevor das nächste Auto kam, presste ich mich an den Kantstein. Eine Reihe schwarzer Reifen rauschte vorüber. Ich spähte auf den Bürgersteig. Eben schlurften mit hängenden Zungen die Hunde vorbei. Aber die Mutter war fort. Offenbar glaubte sie, der Laster hätte mich zermalmt. Da siehst du, warum die Menschen vernichtet werden müssen. Weil sie dumm sind. In meinem Kopf knisterte es. Rasend dumm. Ich versuchte, nicht auf meinen Bauch zu gucken. Auch wenn mich das Stechen quälte. Wie lange würde ich durchhalten? Bis zum Abend vielleicht. Und dann? Was geschah in der Nacht? Wo sollte ich bleiben? Und wie leben? Jetzt war es still. Kein Auto, nichts. Ich schleppte mich über die Straße. Ich spürte den Asphalt an den Füßen. Hätte ich nur Schuhe gehabt. Wer wusste schon, wie lange mein Material halten würde. Von der anderen Straßenseite warf ich einen letzten Blick auf das Haus meiner Herrin. Vielleicht zeige ich es dir noch, bevor ich es in Brand setze. Aber im Grunde ist es nicht wichtig. Es ist nur ein Kasten voller Geschrei und Gewalt. Der Herrin wünsche ich, dass sie in ihrem Leben noch entsetzlich gequält wird. Ja, ich weiß schon. Sie hat mich mit ihrer

Quälerei erst zum Leben erweckt. Richtig. Aber das war nicht ihr Ziel gewesen. Ja, sie hat es nicht einmal bemerkt. Und wenn ihre Mutter ihr erzählte, dass sie mich gesehen hätte, wie ich gerannt bin, durch den Garten, auf die Straße, dann würde es die Herrin vermutlich gar nicht glauben. Aber sollte sie glauben, was sie wollte, ich hatte andere Probleme. Ich irrte verletzt und unbewaffnet durch eine unbekannte Riesenwelt. Der kleinste Schritt führte in die Gefahr. Nach einer Weile sah ich vor mir einen nackten Häuserblock. Ich wartete kurz, bis der Gehweg frei war, dann lief ich los. Unterwegs blickte ich in die Höhe. Unbegreiflich, dass die Menschen in solchen Türmen wohnten. Als ich wieder nach vorne sah, kam gerade ein Kind aus der Tür. Erschrocken blickte ich mich um, doch hier war nichts, keine Hecke, kein Gebüsch. Also warf ich mich auf den Boden. Wie eine verlorene Puppe lag ich da. Wieder stach es mich im Bauch. Ich würde mich bald um meine Verletzung kümmern müssen. Schon wurde ich hochgehoben. Das kleine Menschenmädchen, dem ich, wenn ich mir meiner Kräfte sicherer gewesen wäre, gern die Augen eingedrückt hätte, glotzte mir ins Gesicht. Ich fürchtete schon, ich würde gleich verschleppt und wieder monatelang gefoltert werden. Da wurde ich aus der Hand des Mädchens geschlagen. Die Mutter hatte mich gerettet. Oder nein, ich hatte mich selbst gerettet. Du hast dich vielleicht gefragt, warum ich so schmutzig bin und so schrecklich stinke. Nein, ich bin nicht gestolpert. Es war Absicht. Auch wenn es viel Überwindung gekostet hat. Bevor ich den Schutz der Hecken verließ, kniff ich die Augen und den Mund zu, tunkte die Finger in einen der Haufen, die die Hunde hier hinterlassen, und bestrich mich damit. Igitt, Pfui Teufel, rief die Mutter, lass die Ekelpuppe liegen! Kaum hatte sie das schreiende Kind weggezerrt, eilte ich weiter und bog ab in eine Seitengasse. Hier waren die Häuser wieder von Gärten gesäumt. Fürs Erste sicherer. Nur wo wollte ich hin? Oder konnte? Die Stadt verlassen? Aber wie? Oder war die Natur am Ende noch gefährlicher? Das Stechen im Bauch wurde immer schlimmer. Auf keinen Fall durfte ich zusammenbrechen. Ich musste schnell einen geschützten Ort finden. Und gerade, als es nicht mehr auszuhalten war und ich zu überlegen begann, ob mir vielleicht gar nichts anderes übrig bliebe, als doch zu meiner Herrin zurückzukehren, mich entweder heimlich in ihrem Garten anzusiedeln, wo ich allerdings erst die Katze töten müsste, oder sie gar um Vergebung zu bitten, da sah ich dich. Du lagst in einem Garten mit dem Gesicht am Boden. Genauso wie ich eben. Ich schob mich unter dem Zaun hindurch und hockte mich hinter einen Baum. Nicht dass wir beide in der Falle säßen, wenn jemand käme. Da wurde mir klar, wie grauenhaft es war, am Leben zu sein. Die Fenster des Hauses guckten dunkel in den Garten. Ringsherum Stille. Offenbar hatte man dich vergessen. Bevor ich dich unter die Bank hier schleppte, wo wir vor Blicken geschützt waren, untersuchte ich meinen Bauch. Ganz vorsichtig teilte ich die Watte auseinander und entdeckte einen letzten Gruß meiner Herrin. Eine abgebrochene Nadel. Und ich hatte gerade noch überlegt, zu ihr zurückzukehren. Die Augen ausstechen sollte ich ihr. Mit zwei Fingern zog ich die Nadel hervor. Ein langes spitzes Ding, das ich am liebsten weit weggeschleudert hätte. Stattdessen probierte ich, meine aufgerissenen Stoffteile zusammenzustecken. Es ging nur schlecht und ich nahm sie wieder heraus. Bald bräuchte ich einen Verband. Aber jetzt wollte ich zu dir. Trotz der Schmerzen schwangen meine Füße locker durch das Gras. Ich sprach dich an, im Flüsterton sogar, mir war danach. Als keine Regung kam, streichelte ich dir über die Stirn. Doch wieder nichts. Also drehte ich dich auf den Rücken und hob deinen Kopf an. Ich dachte schon, du würdest erwachen. Aber das waren bloß die Lider, die automatisch aufklappten. Behutsam zog ich dich unter die Bank, um dir meine Geschichte zu erzählen. Nun bin ich fertig. Aber du hast dich noch immer nicht gerührt. Obwohl ich bei jedem Satz einmal zugestochen habe. Erst zaghaft, dann mit Schwung. Jetzt lasse ich die Nadel zwischen deinen Augen stecken. Vielleicht wirkt es erst mit der Zeit. Ich weiß ja selber nicht, wie lange die Herrin mich gestochen hat, bis ich zu mir kam. Ich hoffe nur, dass du mich schon hören kannst. Falls nicht, erzähle ich dir alles noch einmal. Von mir aus auch mit rückwärts gesprochenen Worten. Hauptsache, du lässt mich nicht allein.

Schulzeit

Abends, die Brombeerhecke im Laternenschein, dunkler Wind. Die Hausaufgaben lagen erledigt auf dem Schreibtisch und eine Kleiderwurst unter der Bettdecke stellte seinen Körper dar. Schon war er hinausgestiegen aufs Garagendach. Von außen drückte er das Fenster an den Rahmen, damit es von innen geschlossen wirkte. Dann kletterte er über die Gittertritte zum Dachfirst hinauf, wo er schließlich, eine Stunde lang ganz für sich, thronte. Am nächsten Morgen aß er einen Apfel, war pünktlich in der Schule und hatte sich mit Mitte dreißig so tief ins Unglück hineingelebt, dass er sich, und zwar mit einer allein für diesen Anlass gekauften Pistole, erschoss. Ach nein, die Kugel jagte ihm bloß durch die Frisur und er lebte noch Jahrzehnte dumm dahin.

Hausaufgaben

Von allen Situationen seines Lebens als Kind liebte unser Freund, dessen Namen ich hier verschweigen möchte, weil, nun, weil ich es eben möchte, am meisten die folgende. Mittags stand der Vater mit dem Auto vor der Schule. Vielleicht blieb sie ihm deshalb so gut im Gedächtnis, weil sie nie wieder vorkam. Der Motor lief. Kaum die Türe zugeschlagen, erklärte der Vater, der ihn unter einem Balken stramm zusammengedrückter Augenbrauen fest ansah, dass er, unser Freund, der Sohn, seine Hausaufgaben heute auf dem Rücksitz zu erledigen habe. Aber Papa, warum? Das wagte er nicht zu fragen. Doch sein Blick stellte genau die gleiche Frage. Erstens, weil ich, dein Vater, etwas zu erledigen habe. Zweitens, weil ich dich, meinen Sohn, im Blick haben möchte. Und drittens, schnall dich an, es geht los! Eine Weile fuhren sie kreuz und quer durch die Stadt, als gälte es, Verfolger abzuschütteln. Dann kurvten sie scheinbar ziellos um einen Häuserblock herum, bis sie schließlich, und zwar mit einem gefährlich gurgelnden Motor, an den Bordstein heranrollten. Jedes Mal, wenn unser Freund, weil ihm langweilig wurde, da er die Aufgaben schon in der Schule erledigt hatte, aufschauen wollte, sprach der Vater: Senke das Köpfchen, mein Sohn. Erst als zwei Männer, die sich Bärenmasken über die Köpfe gezogen hatten, herangerannt kamen, durch eine eilig aufgerissene und gleich wieder zugeknallte Tür einen Sack auf den Schoß unseres jungen Freundes schleuderten, dann weiterrannten, während der Vater das Pedal heruntertrat und in die entgegengesetzte Richtung davonjagte, erst da durfte er hinschauen, wohin er nur wollte. Oder nein, durfte er gar nicht. Er tat es trotzdem, denn für Ermahnungen war keine Zeit mehr. Der Vater nämlich fuhr jetzt wie ein Teufel, so dass niemand, und vor allem nicht die Polizei, in der Lage war, ihn zu stoppen, geschweige denn zu fangen. Von der Polizei gefangen zu werden, erklärte der Vater abends, bei diesem Essen, nach dem er für immer verschwand, das ist eine Schande, die man man ein Leben lang aus deinem Gesicht herauslesen kann, mein Sohn. Unser Freund aber, wenngleich er nicht einen Schein sah aus der Beute seines Vaters, schwieg still bis zum heutigen Tag.

Der Finger

Noch im Kreischen der Bremsen des Zuges, die Stirn an die Scheibe gedrückt, sah er, dass Mama, statt in der Wanne aufzuquellen, die Adern aufgestochen, das Blut herausgestoßen, da draußen auf dem Bahnsteig stand. Und Handschuhe, schwarze Handschuhe trug. Als hätte nicht ihr Telefon jedes Mal, wenn er, allein im Ferienlager, ihre Nummer gewählt hatte, gezittert. Täglich, und gestern sogar stündlich, ein Anruf, der in die stille Wohnung fuhr. Und täglich, und gestern sogar stündlich, das kahle Tuten im Ohr. Und das Bahnsteigdach legte einen grünen Schatten über ihr Gesicht. Und die leise zugeschlagenen Türen, und der stumm im Zündschloss herumgedrehte Schlüssel, und das gedämpfte Schnurren der Maschine, das war die Nachhausefahrt. Und das Zuhause, das waren die vor der Front des Waldes, der über die Ferienwoche herangewuchert schien, um alles, das Blut und die Wanne und die Stadt, zu ersticken, hell strahlenden Fenster im ersten Stock. Doch als sie auch zum Abendbrot die Handschuhe nicht auszog, stattdessen ihre glänzenden Lederhände zu den Seiten des Tellers ablegte, sagte er, während sie, in Erwartung der Frage, wie es schien, erstarrte, nichts. Und auch nach dem Abendbrot sagte er nichts. Und auch am nächsten Tag sagte er nichts. Und auch am übernächsten, als sie morgens, und zwar mit ihren Lederfingern, sein Gesicht ergriff, um es, vor dem Aufbruch in die Schule, zu küssen, nichts, gar nichts. Und am Nachmittag blickte er zur Decke hoch, beguckte die in seiner Abwesenheit schwarz durch den Putz gezackten Risse. Wäre es ein Wunder, wenn die Wohnung über ihm, jetzt, wie ein Fahrstuhl, durch die

Decke sinken würde, das arktische Elternschlafzimmer, das rasend aufgeräumte Esszimmer, das seit über einem Jahr von nichts als Staub behauste Arbeitszimmer sowie seins, das Kinderzimmer, in dem er nachts von roten Explosionen träumte und von einem über die Wellen ins Blau hinausjagenden Schnellboot, langsam zerquetschen, langsam vernichten und endlich ganz und gar ersetzen würde? Die Mutter, die den Vater, ohne zu sagen, warum, letzten Sommer, ein Geschrei in der Nacht, die Treppen heruntergestoßen, seine weißen Hemden durch das Fenster ins Dunkel hatte flattern lassen, sie krümmte sich, wenn sie im Bett lag, fest ein. Nächtelang stand er daneben, bereit, sie an den Haaren aus dem Bett zu ziehen, über den Flur und die Treppen und hinaus auf die Straße. Am Dienstag dann, er hatte die Schule geschwänzt und fast den ganzen Vormittag im Park verbibbert, da kam ein Päckchen, sein Name stand darauf. Noch im Hinaufsteigen zerriss er den Karton, bekam es mit der Angst zu tun, als aus der Finsternis darin, die ihm kurz als der gesamte Inhalt erschienen war, ein Finger rollte, der Nagel rot lackiert und spitz wie ein Stift. Der sich mit Gewalt aus dem Magen durch die Brust hochwühlende, noch im Hals erstickende, trocken aus dem Mund gequetschte Schrei. Fängt die Straße vor der Wohnung an, dass du glaubst, deinen Müll fallen lassen zu dürfen, wie es dir beliebt, fragte das plötzlich, eine Treppe über ihm, reglos dastehende Nachbarspaar, Herr Dr. und Frau Monz. Bevor sie wissen wollten, ob etwa sie, die Mama und er, der Sohn, zum Abendbrot einen Menschen verspeist und, was nicht genießbar war, in den Müll entsorgt hätten, schnappte er, auch wenn es ihn würgte, den bleistiftstummelkurzen Finger, der auf die Stufen gefallen war, verbarg ihn in der Hosentasche. Etwas, und ich könnte, selbst wenn ich wollte, nicht sagen, was, hat mich niesen lassen, erklärte er, und dadurch ist, was in meinen

Händen lag, zu Boden gefallen, ich bitte um Verzeihung. Lüge, Lüge, sprachen die Nachbarn im Chor und stapften langsam die Treppen hinab. Oder sollte er den Finger, statt ihn Mama zu zeigen, die sich bloß erschrecken würde, noch mehr, dachte er, als er selbst, der Polizei übergeben? Oder würde dann die Polizei den abgegebenen Finger erst auf ein Stempelkissen drücken und dann auf ein Papier? Und würde dann die Polizei den Abdruck vergleichen mit den Abdrücken in ihrem Computer? Und würde dann die Polizei auch seinen Abdruck nehmen und ihn, den Empfänger des Fingers, um sicher zu gehen, gefangen halten in ihrem Revier? Oder sollte er, statt zur Polizei zu gehen, lieber fragen, wer, Mama, wer, zum Teufel, wer? Oben angekommen, zog er ihn, den Finger, aber nur mit einer Küchenzange und fest verschlossenen Augen, aus der Hose und warf ihn unters Kissen. Kaum den Kopf zurückgelegt, fragte er leise in die Luft: Hast du, Papa, Mama einen Finger abgeschnitten und mir zugeschickt, als Warnung, dass sie, anders als womöglich angenommen, kein unzerstörbares, sondern, ganz im Gegenteil, ein kinderleicht in Stücke zu schneidendes Wesen sei? Drei von langen Küchenmessern, auch von Äxten, auch von Sägen hell durchblitzte Nächte später rief er seinen Vater an, fragte flüsternd, was er, Papa, getan habe in der letzten Ferienwoche. Selbst wenn wir, erwiderte der Vater nach einem mit nichts als Atemzügen angefüllten Augenblick, uns jeder einen Finger abschnitten, und wenn wir dann, sagte er, diese abgeschnittenen Finger an der Hand des anderen wieder festnähten, um zu versuchen, sagte er, uns wieder zu vereinen, selbst dann könnten diese Hände, sagte er, sich im Leben nicht bewegen, im Gegenteil, einschwärzen, sagte er, würden sie, und absterben, sagte er, würden sie, den Tod weiterkriechen lassen in sämtliche Regionen des Leibs. Mama trägt Handschuhe, sagte der Sohn, schwarze Handschuhe Tag und Nacht. Ich werde dich, sagte der Vater mit einer verdünnten, auf dem langen Weg durch die Leitungen fast vollends versiegenden Stimme, retten. Und das Tuten, das metallisch aus dem Hörer fuhr, ging durch die Wohnung und weiter durch die Stadt und löschte jeden aus, der da lebte, in jedem Gebäude und jeder Straße, in jeder Schule und jedem Geschäft. Totenstill war die Stadt. Totenvoll war die Stadt. Da krachte der Schlüssel im Schloss, die Mutter kam zurück, und er, der Sohn, warf sein Gesicht an ihre Brust, zwei Minuten lang, drei Minuten lang, dann hatte sie sich freigemacht und trug den Einkauf in die Küche, die war dunkel. Sie setzte die Taschen auf den Boden. Sie stand reglos zwischen den Taschen. Sie wickelte den Schal vom Hals. Da sah er die aus ihrem Ausschnitt sich langsam herauffressenden, ihre Haut, wie trockene Erde, durchbrechenden Risse, ein Wurzelwerk, das ihren Hals hochwuchs, ein Gewirr, das ihre Wangen durchzackte und endlich, als das Gesicht zur Gänze überwuchert war, die Augen aus den Höhlen sprengte. Dann zupfte sie die Handschuhe ab und zeigte ihre Finger. Es waren: eins, zwei, drei, vier, fünf, sechs, sieben, acht, neun, zehn Finger, schon spielte sie Klavier in der Luft. Ob er gern gefährlich lebe, fragte sie. Ja, wieso?, fragte er zurück. Sie habe einen Stift gefunden. Was für einen Stift? Einen Bleistiftstummel, rot und spitz, der unter seinem Kissen lag. Wo hast du ihn hingetan? Weggeworfen, sagte sie und schaltete das Licht, das die Risse und die Schwärze und den Tod zurück in ihren Ausschnitt trieb, ein.

Die Tante

Bevor ihn seine Tante, die er nie zuvor gesehen hatte, mit einem Ruck in ihre Villa zog, flüsterte sie, dass schon lang mit ihm gerechnet werde. Der Salon aber, den sie als erstes betraten, war leer. Warte nur, sagte die Tante böse, stieß seine Hand, die sie festgeklammert hatte, fort, knallte hinter sich die Türen zu. Mit angehaltenem Atem setzte er die Tasche ab. Eine Woche bloß. Das Sofa, die Sessel, auch sämtliche Stühle waren mit Laken verhängt. Höchstens zwei. So allein rückte ihm die Stille auf den Leib. Die Dielen knarrten unter seinen Schritten. Allerhöchstens drei. Behutsam drückte er die Klinke einer Seitentür herab, spähte ins Nebenzimmer. Es tut mir leid. Bloß eine Kammer voller Staub und Kartons. Aber anders geht es nicht. Hatte Mama gesagt. Als er die Tante wieder heranmarschieren hörte, schlüpfte er in die Kammer und stieg lautlos aus dem Fenster. In der Mitte des dunkel wuchernden Gartens setzte er sich auf eine Schaukel. Wo bist du nur, du undankbarer Teufel, schrie die Tante mit übermenschlich lauter Stimme in der Villa. Da begann er zu schaukeln, erst nur ein wenig und dann immer mehr.

Die Vögel

Nach einem Film von *Alfred Hitchcock*

So läuft sie nämlich: Die Hände ans Gesicht gedrückt und erstaunlich schräg nach links gelegt, fast schrammt sie an der Wand entlang. Was hat sie nur gesehen, dass sie so schrecklich laufen lässt? Aus dem Haus hinaus und immer noch stumm. Auf das Auto zu und immer noch stumm. Der Mund ein Krater und immer noch stumm. Was sie gesehen hat, wirkt, geht man zurück zu der bloß aufgeblitzten Stelle, künstlich. Ein Nachbar mit ausgepickten Augenhöhlen. In Wahrheit liegen dunkle Brillengläser über den noch intakten Augäpfeln. Dennoch springt der Schrecken aus dem Bild. Das gilt auch für die Vögel, die in einer anderen Filmspur zu spuken scheinen. Sie können die Menschen nicht treffen und treffen sie doch. Sie können die Menschen nicht töten und töten sie doch. Das sind die Vögel. Ich stoße das Fenster auf und schaue in den Himmel, der blau ist, unheimlich blau.

Motten

Als er eines Abends, weil plötzlich Motten durch sein Zimmer flattern, schreit und sich im Bett versteckt, da fliegt die Tür zu seiner Wohnung auf. Bist du alleine, fragt die Stimme einer Frau. Er schiebt den Kopf unter seiner Decke vor. Ich bin es auch. Und mit einem Schlag verbindet die beiden ein seidenfeines, blitzblaues Vertrauen. Merkst du es, fragt er flüsternd. Was, fragt sie flüsternd zurück. Dass er da ist, endlich ist er da. Aber wer? Der Augenblick des Glücks zweier Menschen auf diesem Planeten. Reglos steht sie vor dem Bett. Jetzt, ruft er aus, kommt es nicht mehr an auf die Zahl der folgenden oder vorangegangen Tage, die, je mehr es werden, doch bloß verlottern zu einem lau heruntergelebten Leben, sondern allein auf diesen Augenblick. Nein, das ist falsch, sagt die Retterin und überlässt ihn den Motten zum Fraß.

Chemnitz

Kaum hatten wir den Bahnhof von Leipzig verlassen und rauschten hinunter nach Chemnitz, da begann sich der Zug nach rechts und links zu werfen. Wie ein Tier, dass sich in den Boden wühlen will. Die Landschaft, milchgraue Flächen, schwoll die Fenster hoch. Jede Sekunde schien uns das Erdreich zu verschlucken. Und noch mit dem Dunkel des Tunnels vor Augen, durch den wir auf den glühenden Kern der Erde, der unser Leben vernichtet hätte, zugerast wären, betraten wir die von Schnee fröhlich durchflockte Stadt.

Die Winterliche

Die Winterliche war stehengeblieben im fallenden Schnee und löschte, indem sie ihre heiß geleckten Zeigefinger senkrecht in die Höhe stieß, zwei Flocken aus.

Schnee

Weil Schnee ist, Schnee, überall ist Schnee, muss ich den Lenker fest umklammern, muss ein Liedchen dazu hören, von Sommerlichkeiten, längst verrauchten, und treten muss ich in die Pedale, aber sacht, so sacht, dass die Reifen nicht durchdrehen wie der Verstand, denn der Verstand dreht durch, über die Vögel nämlich, diese ringsum in den splitternackten, spindeldürren, kohlenschwarzen Bäumen wirr piependen Vögel, die nicht in den Süden geflohen sind, um erlöst von dir über die Strände zu hüpfen.

Weitergehenundrehen

Wenn die Schraube, die erst gestern sichtbar wurde, ein sechskantiger Kopf, der zeigt sich unter der Haut, das ist die Schläfenhaut, die leicht zu spannen anfing, gestern in der Früh, und die heute zu reißen beginnt, sich wellig ums Gewinde legt, wenn also diese Schraube, hereingedreht, von wem auch immer, gelockert scheint und schon ein Stückchen herausgedreht, und wenn dann der Schlüssel, wahrscheinlich ein Dreizehner, den Schraubenkopf ergreift, und dreht und dreht und dreht, so lang, bis die Hand begreift, dass keine Drehung etwas, oder auch, dass jede Drehung nichts, verändert, weil die Schraube nichts mehr greift, im Schädelknochen nichts und im Schläfenlappen nichts, und sich trotzdem nicht entfernen lässt, und wenn dann, auf dem Rücken liegend und natürlich im Dunkeln, das natürlich voller Stimmen ist, weitergedreht wird, oder gegangen, aber nicht auf dem Rücken, sondern auf den Füßen, wenn dann also weiterdrehend weitergegangen wird, dann, vielleicht mit genau einer Drehung pro Schritt, so, als würde die Figur, die nach jedem Schritt starr zu werden droht, für den nächsten wieder aufgezogen, dann, wobei gleich daran erinnert werden muss, dass die Figur, das bin ich, oder auch mal du, sich immerfort selbst aufzieht, in diesem Sinn, dass das Weitergehenunddrehen zu keinem Ende kommen kann und zu keinem Ende kommen wird, und trotzdem, trotzdem nicht beendet werden kann, auch dann nicht, wenn sich sämtliche Laternen der Stadt zu Boden biegen vor Gelächter, dann, zumindest, wenn, was ich sage, nicht bloß eine jener weltlosen Sprachwellen ist, wie sie gelegentlich vorkommen sollen, heranrollen sollen, zum Beispiel über so einen bis zum Horizont fein ausgerollten Wattwanderungsteppich, über den ich gern einmal gelaufen wäre, und zwar mit dir, dann, ja was, dann wahrscheinlich, oder vermutlich, ach, was auch immer.

Zürich

Heute, als er zum ersten Mal die Stadt der Menschen von Zürich betrat, schimmerte alles in einem milchig weißen Wolkenlicht. Und Farben, die in Wirklichkeit fast tot sind, begannen zu leuchten. Das bleiche Himbeerrot der Fensterscheiben, das Taubenblau der Straßenbahnen, das irrlichterhafte Türkis der überspitzen Kirchturmspitzen. Später im Café ging er einsam zur Toilette und kritzelte an die Wand: Menschen von Zürich, stecht mir die Augen aus und werft mich in den See.

Befragung eines gefallenen Fußgängers

Gelegentlich fange er sich einen Tritt ein, beispielsweise, wenn er unter den Einkaufstüten, die die Passanten auf ihm abstellen würden, nachgebe. Auf die Frage, ob er so einen Tritt als gerechtfertigt ansehe, sagt er: Nein, das tue ich nicht. Außerdem müsse er sich dann in einen Hauseingang zurückziehen, um einmal heimlich aufzuheulen.

Anmerkung des Gutachters: Als Fall erscheint hier ein merklich vorgealterter, grenzwertig gepflegter, junger Mann mit an den Knien durchgewetzten Hosenbeinen, der während der gesamten Befragung auf allen Vieren vor dem Sessel hockt. Im Übrigen wisse er sehr wohl, woran so ein Tritt ihn zu erinnern suche, dass nämlich auch er sich wieder aufzurichten habe. Das aber komme nicht in Frage, da er in seinen Füßen nichts anderes mehr erkennen könne als zwei alte Spielzeuge. Der Hinweis, dass die Füße für gewöhnlich als leistungsstarke, höchst belastbare, jahrtausendelang erprobte Werkzeuge angesehen würden, verfängt nicht. Befragt, seit wann er krabbele, sagt er: Kurz. Und auf die Frage, ob er keine Angst habe, dass man seine Füße einmal zertrampeln und zerquetschen werde, sagt er: Nein, das ist mir recht. Wenn er eines Tages bloß noch Stümpfe hinter sich herziehe, könne niemand mehr verlangen, dass er sich wieder aufstelle. Im Übrigen, so behauptet er, werde dann auch offensichtlich, dass eine Bestrafung seines Falles, und zu nichts anderem sei diese Befragung ja wohl nütze, jeder Grundlage entbehre. Auf die Frage, ob er heute zufriedener sei als früher, sagt er: Noch immer stört mich vieles. Zum Beispiel klingelten die Fahrradfahrer, wenn er auf ihren Wegen krabble, ausnahmslos nicht. Ob er wisse, wann das alles angefangen habe? Dazu sagt er: Nein. Ob er wisse, wie es angefangen habe. Nein, auch das weiß ich nicht. Er möchte aber einmal darauf hinweisen, dass die Autos seine Art, sich fortzubewegen, mittlerweile mehr respektierten als die Radfahrer, ganz zu schweigen von den Fußgängern. Manchmal, wenn er den Kopf zwischen zwei parkenden Wagen hervorschiebe, stoppe eines und blinke ihm aufmunternd zu. Das seien, wenn man diese Redeweise gestatte, die höchsten Momente des Tages. Wenngleich es auch hier noch manche Täuschung zu erdulden gebe. Wenn er nämlich, derart ermuntert, die Straße überquere, komme es häufig vor, dass ein Fahrer meine, beweisen zu müssen, wie sehr er in der Tiefe seines Herzens doch ein Fußgänger sei. Kaum sei der Fahrer ausgestiegen, da bohre er die Knie schon in seine, des Krabblers, Rippen und greife sein Haar. Hü, schreie der Fahrer sodann und reite ihn zum anderen Bürgersteig hinüber. Sobald die Fußgänger stehenblieben, manche würden sogar Beifall klatschen, springe der Fahrer ab und laufe mit Kusshänden zu seinem Fahrzeug zurück. Auf die Frage, ob ihm solche Behandlungen gefielen, erklärt er: Je häufiger, desto besser. Schließlich, wenn man sich an ihn gewöhnt habe, werde er friedlich auf allen Vieren zwischen den Menschen dahinziehen. Auf die Frage, ob er den Ursprung seines Falles kenne, erklärt er: Ich spekuliere nicht.

Anmerkung des Gutachters: Der Begriff Fall muss hier in doppeltem Sinn verstanden werden, einmal als medizinischer Kasus und einmal als Sturz. Zur Erläuterung sei darauf hingewiesen, dass der Befragte sich gleich zur Begrüßung als gefallenen Fußgänger bezeichnete, vermutlich, um seine anschließend erfolgte Darstellung im Voraus zu belegen. Auf die Frage, ob er ein politisches Ziel verfolge, dazu sagt er: Danke, nein. Zumal ihm häufig ein jegliches Zielverfolgen von Grund auf unmöglich sei. Vor allem in der Fußgängerzone, wo er sich, um die Menschen an seinen Anblick zu gewöhnen, tagtäglich hinverfüge. In der späten Nachmittagsstunde, aber auch sonst, eigentlich immer, kämen ihm hier die härtesten, spitzesten Schuhe entgegen. Überdies sei der Himmel durch eine Unzahl vorgebeugter Oberkörper ganz und gar verdunkelt. Einkaufstüten rauschten vorüber, dass man sein eigenes Wort nicht mehr verstehe. Derart zum Stillstand gezwungen, senke er den Kopf und studiere den Boden. Als ihm einmal in einem Gulli das Abwasser aufgefallen sei, habe er den Blick auch mit Gewalt nicht mehr abwenden können. Mit einer solchen Wucht sei es unter ihm dahingeschossen, dass es einmal die ganze Stadt unterspülen und zum Einsturz bringen werde. Auf diese Gefahr habe er aufmerksam machen wollen, als er neulich ins Rathaus gekrabbelt sei. Doch erst nach einer halben Stunde sei er von der Dame hinter dem Empfangstresen überhaupt bemerkt worden. Leider habe sie ihn, statt seine Warnung zu notieren, nur in Gewahrsam nehmen lassen. Auf die Frage, wie lange er in so einem Einkaufszonenstrom zu hocken pflege, sagt er: So lang wie möglich, nur häufig ist das ziemlich kurz. Denn bald sitze ihm wieder die Hacke im Genick und drücke ihn herab, bis seine Stirn an den Gehweg stoße. Natürlich sei es verständlich, dass die Polizei ihre Anweisungen befolge. Dennoch fühle er sich als Gefahr behandelt. Täglich drücke ihn, so behauptet er, die Polizei erst nieder, zerre ihn dann wieder hoch in die sogenannte Vertikale, stecke ihn auf dem Marktplatz in einen Kofferraum und werfe ihn erst auf den Feldern wieder hinaus, wo sein Krabbeln von Neuem beginne, zurück in die Stadt, die er frühestens im Morgengrauen wieder erreiche.

Pierre

Nach einem Film von *Éric Rohmer*

Zu Beginn macht er eine Erbschaft, doch sein Cousin bekommt sie zugesprochen. Bis dieser stirbt und er, Pierre, um Haaresbreite gerettet wird, vergeht der ganze Film. Zunächst aber Pierre in den Straßen von Paris, ein amerikanischer Löwe, der die Franzosen um einen Kopf überragt. Und doch schlendert er bloß und ist im Ganzen wohl ein Schlendrian. Ist ihm die eigene Kunst, das kleine Geigenspiel, egal? Niemand weiß es. Bald hat er einen Fleck am Bein, dann geht der Schuh kaputt, schon ist er bärtig wie die Nacht. Er schläft unter dem Himmel und hasst die Stadt, den Stein, die Straße. Seine Freunde aber, all jene, die vor Monaten so zahlreich erschienen waren auf seiner Feier, sie alle sind Reporter und müssen jetzt nach Afrika. Ob Pierre für sein Unglück verantwortlich ist, das bleibt die Frage, die niemand stellt.

Der Nachbar

Dass er die Wohnung bloß einmal in der Woche verließ, und zwar abends, wenn das Dunkel die Straßen durchströmte, und dass er mit diesen Wocheneinkäufen, so gering sie auch waren, seinen ramponierten Rücken noch weiter ramponierte, und dass die Minuten in der Kassenschlange sich so lange dehnten wie die Entstehung des Menschen im All, und dass, wenn Blicke Lötkolben wären, er den Markt vor lauter Brandlöchern höchstens auf allen Vieren hätte verlassen können, und dass er manchmal von einem Markt, wo ihm die Ware verweigert wurde, zum nächsten rasen musste, und dass auf diesen Wegen zwischen den Märkten sowie von den Märkten zurück zur Wohnung gelegentlich ein Auto ausschwenkte und ihn über den Bürgersteig jagte, so dass er sich in Gebüsche stürzen und verstecken musste und erst im Schutz der später in den Schlaf gesunkenen Straßen in die Wohnung, in der er lebte, so leise es ging, zurückhuschen konnte, an all das hatte er sich gewöhnt, als es eines Abends klopfte. Erschrocken spähte er durch das Guckloch. Im jäh erlöschenden Flurlicht sah er ein Messer, das funkelnd aufragte vor einem bereits wieder vom Dunkel verschluckten Gesicht. Da er allerdings mit dieser Situation gerechnet hatte, und zwar seit dem Tage seines Einzugs, drückte er sich neben der Tür flach an die Wand, öffnete sie mit einem gespenstisch schnellen Handgriff und schlug, ohne nachzuschauen, wer dort sei, das kleine, allabendlich zur Beruhigung seiner Nerven nachgeschärfte Brennholzbeil in das Gesicht der dort mit einem Nachbarschaftskuchen lächelnd dastehenden Frau Meiners, einer, ach, über siebzig Jahre alten Dame aus dem ersten Stock. Das Blatt des Beils in der Stirn, der Stiel ein Horn im Treppenhaus, so tappte sie steif zurück, bis sie ins Leere trat. Den Atem gestockt stand er auf der Schwelle und wippte. Krachend schlug Frau Meiners auf und polterte die Treppe hinab. Und dann? Dann war es still. Nur das Quietschen der Schwelle. Sonst war nichts zu hören. Bis mit einem Mal sämtliche Türen des Hauses aufschlugen, die herausgesprengten Nachbarn seine Fesseln ergriffen und ihn mit den Füßen voran, so dass sein Kopf über die Treppenkanten klopfte, auf den Dachboden schleppten, mit Besenstangen, an deren Enden Messer blitzten, unter das Fenster trieben und, als er sich tot zu stellen versuchte, blutend aus zweitausend Löchern, endlich vom Dach des Hauses gleiten ließen, über die Regenrinne seufzend hinaus in die freie Luft.

Edmonton

Fort McMurray, fünf Stunden nördlich von Edmonton, soll eine Goldgräberstadt sein. Das Gold ist schwarz und heißt Ölsand. Der Rezeptionist erzählt uns von den irrwitzigen Verdienstmöglichkeiten dort oben. Bis zu neuntausend kanadische Dollar gebe es für zwei Wochen Drecksarbeit. Auch der Barmann gestern Abend im Sorrentinos sprach von der Ölgeschichte Edmontons. Hier, sagte er, wohnen die white collars, die Entscheider und Besitzer, während unten im Süden und oben im Norden die blue collars rackern. Tagsüber fahren wir mit dem Mietwagen zum Elk Island Park. Kahle, bleiche Birkenstämme, zugefrorene Seen. Ein dunkles, in Staubwolken davonstiebendes Auto. Ein verwaister Rastplatz. Ein Wolf guckt aus dem Wald. Die weitere Fahrt geht über das leere, steppenartige Land. Wir essen in Lamont. Nachmittags steuern wir den Bella Vista Park an. Die Karte zeigt eine schmale Brücke über den Saskatchewan-River. Eine aus dem Flugzeug geklaute Decke wärmt die Schultern. Die Brücke streckt sich über einen an den Rändern zugefrorenen, in der Mitte gewaltsam hinströmenden Fluss. Glattes, grünes Wasser. Ein Hund, der hineinspringt und wieder hinaus. Rostige Verstrebungen, die sich als Schatten auf der Wasserfläche zeigen. Anschließend geht es in die ehemals größte Mall der Welt. Gänge mit verspiegelten Decken. Zwischendurch ein Areal reglos dahindämmernder Monster, von denen ab und an eines zu dudeln beginnt. Ich probiere fünfzig Hüte auf und kann mich nicht entscheiden. Um zwei sind wir mit einem gewissen Doktor Siefke verabredet. Der Treffpunkt, ein ehemaliges Institut, liegt in einer Gegend ausgeblichener Holzeigenheime. Der Doktor, ganz anders als erwartet, groß, im Anzug, ein Charmeur und verpusselter Typ, öffnet die Tür und führt uns durch den niedergedrückten Flachbau, der früher jede Menge Language-Departments beherbergte. Zurückgeblieben sind nur zerkratzte Tapeten und ein paar in Stücke gerissene Computerkästen. Er prüft den Inhalt der Sporttasche, die wir übergeben sollen, nickt. Anschließend endlich die Fahrt zum Flughafen, aschefarbene Äcker, Holzhäuser im Hundehüttenformat, Frauen im Schnee, die auf ölfarben schillernde Fassaden zulaufen, hektisch zusammengehämmerte Wellblechhallen, die vielleicht schon morgen, wie vielleicht die ganze Stadt, wieder abgerissen werden.

Betrachtung des zu Tode gekommenen Menschen in der Gaststätte Willy Bresch

Bis zur Kreuzung vor, soll er gesagt haben, und zurück an den ehrlichsten Tresen der Welt, hinein durch die schwingende Tür, um sich wieder, endlich wieder, einzuordnen in den Verkehr der Menschen an der Bierdeckelbahn, der auf die einzig tragbare Weise herrscht und herrschte und immerfort herrschen wird in der Gaststätte Willy Bresch, einzig da, ruft der seit geschlagenen zwei Jahren in seiner Wohnung verschanzte Mensch, da hinein zurück, ruft er durch den Trichter seiner Hände in den wolkenreichen Himmel über der Kreuzung und setzt, ohne abzuwarten, dass die Ampel umspringt von einem roten auf ein grünes Männchen, seinen Fuß auf eben diese Kreuzung, das ist die Kreuzung Danziger, Ecke Greifswalder Straße, und wird nach zwei Schritten sogleich erfasst von dem einzigen, durch diesen totenstillen Sonntag gejagten Gefährt, wird hochgestoßen in die Luft, wird verschluckt auf dem Bremsweg und verschwindet, vom Tresen aus klar zu sehen, unter dem Kühlerhaubengrill, unter dem es knackt, ein Platzen der Organe, das widerhallt von den Hauswänden, ein geborstener Brustkorb, ein lahmgelegter Leib, der vermutlich, ja, vermutlich, gleich hervorgezogen und mit kurzem Umweg über das Klinikum Vivantes davongefahren werden wird auf den Ersten Pfarrbezirksfriedhof am unteren Ende der Greifswalder Straße, wo er geschlagene drei Tage später, Mittwochmittag um zwei wird es sein, versenkt werden wird, in einer bereits ausgehobenen Grabstellengrube, der letzten Ruh, wie es heißt, in der die Kiste steht und beworfen wird mit Blumen und mit Erde, von drei dicht aneinandergepressten Angehörigen, deren Münder zittern, vermutlich, weil sie nichts mehr sagen können, gleichviel, ob sie hundert oder zwei oder dreihunderttausend Worte angesammelt haben in ihren plötzlich gelb gepunkteten Hälsen, Worte, die herauswollen, hinab in die Grube und hoch in die Luft, die sich augenblicklich, kaum dass das Gefährt den Leib erfasst, ihn hochstößt, dann verschluckt, mit einem Wind anfüllt, einem regelrechten Sturm, der ausbricht inmitten des Himmels, und der vermutlich, ja, vermutlich, die Blumen verwirbelt am Blumenhaus Eltschik, und der, wie man hört, seine ungeheuren Wolken zwischen den Hauswänden entlangschiebt, immer weiter durch die allmorgendlich wie abendlich von einem hineinundhinausrasenden Verkehrsstrom zugestopfte Greifswalder Straße, hinauf bis zur Kreuzung mit der Danziger Straße, auf die er, der Wind, der ausgekochte Sturm, eins seiner Ungeheuer drückt, den Menschen zu verschlucken, der früher, vor geschlagenen zwei Jahren, häufig unsere Blicke kreuzte, das sind die Blicke der Tresenmannschaft der Gaststätte Willy Bresch, und der eben durch den Trichter seiner Hände rief, ich will zurück, zurück zu euch, bevor er heruntergerissen wurde von seinen frei vorangeworfenen Beinen, die nun, wie der gesamte Mensch, verschwunden sind unter der Kühlerhaube des letzten Gefährts, das nun, samt des überfahrenen Körpers des Menschen, eingewattet ist, zugenebelt, genauso wie der Tresen in der Gaststätte Willy Bresch, der in der jäh hereingebauschten Wolke plötzlich zu schweben scheint, samt der gesamten Tresenmannschaft, deren Köpfe und Mützen schon an die Zimmerdecke stoßen und die erst wieder auf die Füße kommen, schwindelnd auf die Bohlen herab, als die Wolke die Kreuzung verlässt, auch die Wirtschaft, wieder hinaufgestiegen ist bis hoch in den Himmel, verscheucht, wie es scheint, von der gestreckten Faust des

Fahrers, der auf der augenblicklich still daliegenden Verkehrsstraßenkreuzung sein Gefährt untersucht, sich bückt und darunterschaut, wo, bis auf die schwarzrot glänzende Spur, nichts mehr ist, kein Mensch, nur er, der Fahrer, und sein Gefährt, diese zwei sind da und erfüllen die Kreuzung mit Leben, ganz für sich sind sie da, und sind einander zugetan, wie es scheint, denn der Fahrer, der nach einer Stippvisite im Kleinen Versteck nunmehr eilig unterwegs war in die Wohnung zu seiner ihm persönlich angetrauten Frau, er streichelt sein Gefährt und wischt ihm die Wunden aus, das Blut, das den Scheinwerfer färbt und das zur Prüfung der Technik eingeschaltete Licht aus dem Scheinwerfer, das Blutlicht an diesem, bis auf den unerhörten Wolkenfall, verhältnismäßig verstandesgerechten, überdies sonnigen Sonntagvormittag, das wird jetzt heruntergewischt, auch die Stoßstange putzt der Fahrer wieder sauber, denn so, erklärt er gleich am Tresen, so behandelt man Wesen, die man am Leben zu halten trachtet, weil auch sie uns am Leben erhalten, auch wenn es einmal schwer wird, das Leben, das im Grunde aber ein leichtes ist, ein leichtes Leben und ein großes Spezial, ein leichtes Lebensspezial voll würdiger Zeit, sagt der Fahrer, die aber dann nur würdig ist, aufgemerkt, wenn sie nicht zerlöchert wird, denn allein die ungelöcherte ist die würdige Zeit, sagt der Fahrer, die unbestimmte und die stimmige, meine Herren, die hochgestimmte Zeit, eine solche wie diese, sagt er jetzt und lässt den längst vor die Lippen gehobenen Obstler endlich herunterrinnen durch seinen weiten, weichen Hals, an dem sogleich ein Punkt aufleuchtet, ein gelber, da ein zweiter, noch ein dritter, vierter, fünfter knallgelber Punkt, vermutlich, da es so schrecklich gerummst hat, ja, vermutlich, beim Aufprall des Gefährts auf dem Menschen, der in der Wolkenluft sich aufgelöst, nein, geflüchtet, sich weggeflüchtet haben muss in die Kanalisation, während unsereins, meine Herren, sich genötigt sieht, die Leibesruhe aufzufrischen, die so zerrüttet ward, keineswegs gleich weiterhasten darf in die Wohnung zu der uns hauptamtlich angetrauten Frau, nein, sondern erst einmal, nach dieser so unwürdig übereilten Verabschiedung von den saftigen Gesäßen im Kleinen Versteck, einen weiteren Obstler hinunterschicken muss, zur Auflösung des Schreckens, der immer noch nachzittert, in den Hoden genauso wie den Händen, meine Herren, die übrigens zwei langjährig eingeübte Fahr- und Lenkershände sind, denn ein jeder Schrecken, der uns fürchten lässt, wir haben einem Menschen das Leben abgeluchst, und sei es nur einem betrügerischen Menschen, einem Windhund, Leichtfuß, Tier, das in Wahrheit, jede Wette, sich längst hinabgestohlen hat in die Kanäle, die Ströme der Abwässer, heimlich wieder hochgeschlüpft sein muss, aus dem Gulli hinein in den Sparstrumpf, die feindliche Wirtschaft auf der anderen Seite der Kreuzung, denn ein jeder Schrecken verdient nichts als seine Vernichtung, zumal, wenn er schnurstracks aufzusteigen droht in das Gemütlichkeitsgefüge, zu dem das Leben mit der uns so herrlich angetrauten Frau, Amen, sich beruhigt hat, Amen und Prost, sagt der Fahrer und verlässt, allerdings anders als mit diesen unwürdig übereilten Schritten, mit denen er die prall gepumpten Brustwerke im Kleinen Versteck verließ, die Gaststätte Willy Bresch, und sagt sich, durch die Fensterfront von seinen Lippen klar zu lesen, dass genau wegen dieser Einsicht, dass die würdige Zeit auch die gelassene, ja, die in Gelassenheit zur Stimmigkeit sich hochstimmende Zeit ist, den Menschen umzufahren gut war und vernünftig, und fährt davon, bevor, wer dem Gefährt erlag, jählings, wenn auch geschlagene drei Tage später, ein- und zurückkehrt, nein, wiederkehrt und mit seiner Bestellung sich unauffällig einzufügen versucht in den großen Eisbeintag, der da heute herrscht im Herzen unserer Wirtschaft, das ist die Gaststätte Willy Bresch, und sich keineswegs verflüchtigt haben kann in die unerhörte Wolkenwälzung, noch sich weggestohlen haben kann auf einen Hocker im feindlichen Sparstrumpf, noch gar, wie ein Teufel, hinabgetaucht sein kann in die Kanalisation, sondern, klar abzulesen an dem Morast in seinem Gesicht, den Brocken an der Kleidung, sich herabgewühlt haben muss in die Erde, wenn auch kaum in den wohl verwalteten Erdgrund des Ersten Pfarrbezirksfriedhofs am unteren Ende der Greifswalder Straße, sondern in irgendein ihn geschlagene drei Tage später wieder ausspuckendes, sogenanntes Erdreich, mit dem die müde im Weltraum hängende Welt uns zu erwarten behauptet, wenn auch wohl nur, zumindest für den gültigen und endgültigen Aufenthalt, wenn der Zustand kein derart ramponierter ist wie jener dieses zufällig zu Tode gekommenen Menschen, den keiner mehr kennt, kein Mensch, zumindest keiner von uns, und der seit geschlagenen zwei Jahren keinen Schritt mehr, wie es heißt, vor seine Tür gesetzt hat, es sei denn, um vorzulaufen bis zum Supermarkt, wo er hin und wieder gesehen worden war, denn ein derart ramponierter Mensch darf nicht, das ist offenbar, herein und herunter in das bauchig warme Erdreich, muss erst einmal zurückversetzt werden in die Ordnung, genäht und geflickt muss er werden, um den Schaden, wenn schon nicht vollends zu beheben, so zumindest zu verbergen, der aufgerissene Bauchraum und die linke Wange, die herunterlappt vom Kiefer bis zur Schulter und den Blick freigibt in die Mundraumhöhle, auf das Gebiss und das Eisbein, das heute auf der Tafel steht, vor der aufundzuschwingenden Tür, vor der augenblicklich, nach dem allmorgendlichen und noch vor dem feierabendlichen Verkehrsstraßenstrom, geschlagene drei Tage nach dem Aufprall, dem Unfall, eine ungekannte Ruhe herrscht, eine erschreckende Mittwochmittagsruhe, die alles, den gesamten Bezirk, und sogar, wie man hört, die Schlünde im Kleinen Versteck, das der Fahrer so eilig verließ, erstickt, in der allein zu hören ist, wie ein Messer durch den Fettmantel gleitet, wie Zähne einen Bissen zerstückeln, wie der Darm im Inneren des zu Tode gekommenen Menschen das Eisbein, statt es einzuordnen in den lebendigen Leib des Leichnams, unordentlich hinaustransportiert ans Licht, das ist unser geschwächtes Tresenlicht, denn in der Nachwelt, zu der sich die Gaststätte nunmehr verdüstert, ist dem zu Tode gekommenen Menschen der Nahrungsanspruch längst erloschen, und selbst das Eisbein, die allerschönste Nahrung, sackt brockig braun durch die durchgeschabte Hose, tropft vom Stuhlsitz herunter auf den Boden, die abgewetzten Bohlen, die auf keinen geringeren zulaufen als auf Bresch leibhaftig, unseren Willy, der bekanntlich eine für ein Höchstmaß an Sauberkeit und Ordentlichkeit sich übermenschlich weit nach vorn lehnende Persönlichkeit ist, und der jetzt, im Angesicht des Unrats, der grasslichen Dämpfe, den zu Tode gekommenen Menschen, der übrigens keinerlei Widerstand leistet, auf die Straße schleift, auf den Bürgersteig, um genau zu sein, und sogleich zustößt wie ein Stier, und zwar mit einem Gaststättenstuhl, durch die Brust geht ein Bein, in den Hals geht ein Bein und jetzt auch in die Magenblase, aus der ihm ein saurer Strahl entgegenspringt, zischend niedergeht auf dem Wirtskittel, ihn jedoch, Bresch, statt ihn zurückzuschrecken, sogleich ein weiteres, ein viertes und ein fünftes Mal, zustoßen lässt, denn wer außer Stande ist, das Mindestmaß an Sauberkeit und Ordentlichkeit aufrecht zu erhalten, hat nichts zu suchen in der Gaststätte Willy Bresch, und wer ohne das Mindestmaß an Sauberkeit und Ordentlichkeit sich dennoch hineinschleicht in das gepflegte Bierlokal, hat in seine Rechnung den Stuhl einzutragen, der mit Schwung jetzt auf den Schädel kracht, einerlei, ob das Herz im Körper des Menschen bereits zerquetscht worden ist, zwischen der Wirbelsäule und dem Brustbein, wie bei Maßnahmen zur Wiederbelebung, wenn das Blut, das den Herzschwamm füllt, nicht mehr von selbst herausgedrückt werden kann, sondern nur noch mit der Hand, zurück in die Blutbahn und hoch in den Kopf, der nun zum sechsten, zum siebten Mal schon auszuhalten hat, dass ihn die Persönlichkeit Willy Bresch, beim geringsten Versuch erneuter Selbstaufrichtung, wieder auf den Boden hämmert, zum achten und zum neunten Mal, bis das Möbel in die Brüche geht und der zu Tode gekommene Mensch sich nur noch unkontrolliert herumwälzen kann auf dem Bürgersteig und zugleich in der unsinnigsten aller Erinnerungswelten, zu der sich vermutlich, ja, vermutlich, die Nachwelt zusammengeriegelt hat, so fest, dass keine Freiheit blüht für unseren zu Tode gekommenen, im Übrigen noch recht jungen, wenn auch auffällig vorgealterten Menschen, der früher, wie es heißt, nach seiner alltäglichen Arbeitstätigkeit abends sich zwischen uns fügte, und der sich am Ende seines Lebensweges, kurz vor dem Umspringen der Fußgängerampel von einem roten auf ein grünes Männchen, in einer stärkeren Korrektur befunden haben muss, einer allumfassenden Eigenheitskorrektur, die ihn, als der verstandesgemäße Sonntagvormittag auf den Mittag hin sich wölbt, schnurstracks herabführt, die Treppen herab, mit einem grollend gesteigerten Risikoappetit, endlich heraus aus der Wohnung und hinunter auf die Straße, auf den Bürgersteig, um genau zu sein, wo er sich aufstellt mit einer regelrecht globalen Spreizung der Beine und nunmehr endlich wieder hineinwill in den Verkehr der Menschen auf dieser so lebendig beleuchteten, nichtsdestotrotz im Dunkeln hängenden Weltkugel, in die er bereits nach wenigen Schritten, die er abmarschiert auf dem neu eingeschlagenen Lebensweg, hinabzusinken oder zu wühlen sich gezwungen sehen wird, wenn auch nur für geschlagene drei Tage, hinab in das sogenannte Erdreich, das in seinen Mund drängen soll, saftig braun ausstopfen soll es ihn, ihn sich einverleiben soll es, ihn, dessen Namen wir vergessen haben, da er alle Zeit auf eine uns allen unbekannte Weise verlebt hat, bei herabgelassenen Jalousien, wie es heißt, in einer eingestaubten Bettstatt, denn der zu Tode gekommene Mensch war seit geschlagenen zwei Jahren der leiblich verholzte, der burghaft verschanzte, der zugeschlossene, abgeschlossene, der unerschlossene Mensch, der über die Zeit ganz und gar vergilbt ist und dürr geworden wie ein Hundekauknochen, und gedankenlos geworden wie ein Luftballon, der an der Zimmerdecke schwebt, und herzlos geworden wie ein im Abguss muffelnder Schwamm, so gehaust hat der bereits im Leben zu Tode gekommene Mensch, der nach dem Tode unbegreiflich wiederbelebte Mensch, der es mittlerweile, wenn auch langsam, aber unfallfrei geschafft hat, hinüberzukrabbeln über die Kreuzung, das ist die Kreuzung Danziger, Ecke Greifswalder Straße, hinein in die der Gaststätte Willy Bresch feindlich gegenüberliegende Wirtschaft Zum Sparstrumpf, genannt Socke, wo er später, wie es heißt, einen Hocker erklomm und sprach, dass Tränen, auch die Tränen einer Dame nicht, kein Anlass für Gefühle sind, sondern allein für Handlung.

Das Knie

Ich erzähle euch eine Geschichte und die geht so. Sie, eine Anja oder Sonja, hatte gerade ihre neue Stelle in der Versicherung angetreten, als sie sich verliebte. Auf einen Schlag. Aber nicht in einen Menschen, sondern in ihr Knie, ihr linkes Knie. Das erste Mal, seit sie ihren Freund betrogen und belogen und endlich verlassen hatte, spürte sie den Abgrund all der Abende, die seitdem vergangen waren. Zugleich wurde ihr bewusst, dass ihr das linke Knie schon immer stärker aufgefallen war als das rechte. Eine Narbe, die seine Schönheit noch verstärkte, lief quer über die Scheibe. Wie fein die Haut sich spannte. Schon am nächsten Tag ging es mit ihrer Konzentration bergab. Derart steil, dass zu befürchten war, dass sie die Probezeit nicht überstehen würde. Dabei hatte sie erst vor einer Woche hier begonnen. Den ganzen Tag saß sie am Computer. Jedes Mal, wenn sie das linke Bein über das rechte schlug, klopfte ihr Knie von unten gegen den Tisch. Sie musste sich mit Gewalt zusammennehmen, das Knie zur Beruhigung nicht zu berühren. Ihre Hand ließe sich sonst sogleich zu den unbeherrschtesten Liebkosungen verführen und am Ende würde sie wieder, so wie vor drei Tagen schon, als sie als Letzte noch in der Abteilung saß, stöhnend unter den Tisch sinken und ihr Knie, ihr liebes, linkes Knie, küssen und lecken, bis sie nicht mehr konnte. Zwar hatte ihre Liebe damit einen ersten Höhepunkt erreicht. Aber was für einen Eindruck würde es machen, wenn es beim nächsten Mal vor den Augen der Kollegen geschah? Die Angst, die diese Vorstellung in ihr hochjagte, zwang sie dazu, die Füße streng nebeneinander auf den Boden zu drücken. So ging es einige Tage. Sie konnte sich zwar kaum auf ihren unentwegt auf sie einplappernden Kollegen konzentrieren, der sie täglich weiter in das Bestandsverwaltungssystem einführte, aber jedes Mal, wenn er seine Hand auf ihre Schulter legte, musste sie lachen. Sie wusste ja jetzt, wen sie liebte. Nach einer Weile allerdings fiel ihr das rechte Knie auf. Sein seltsames Benehmen. Schon vor Tagen, als sie noch die Beine übereinanderschlug, war ihr aufgefallen, wie es sich von unten in die Kehle des linken Knies gebohrt hatte. Und jetzt, wo beide still nebeneinander stehen sollten, gab es diese Berührungen, immer wieder diese kleinen Berührungen. Nach einer Weile steigerten sich die scheinbar zufälligen Stuppser zu einem gezielten Schmiegen und Reiben. Fuchsteufelswild, dass das rechte offenbar ihr geliebtes linkes Knie zu erobern versuchte, griff sie den Locher und drosch ihn nieder auf das falsche Stück. Sie schrie auf. Obwohl sich das rechte Knie zur Konkurrenz im Kampf um die Liebe des linken entwickelte, spürte sie seinen Schmerz. Dem Schrei folgte ein Moment der Stille, in der sich sämtliche Augen auf sie richteten. Ob da hinten alles gut sei, fragte die Chefin. Nur eine Spinne, sagte sie zur Entschuldigung. Dann arbeitete sie ruhig weiter, schwor sich aber, das rechte Knie zu bestrafen, gleich heute Abend, und zwar mit Hammer und Nagel. Dazu kam es nicht. Zu Hause nämlich, das war das Sonderbare, da erlahmte ihre Liebe und folglich auch die Eifersucht. Natürlich war die Liebe noch spürbar. Aber der Drang zur Berührung, der sie den ganzen Tag so quälte, wurde schwächer. Sobald sie im Bett lag und die Hände um das linke Knie geschlungen hatte, schlief sie ein. Erst morgens, auf dem Weg zur Arbeit, begannen ihre Finger wieder zu kribbeln. Und wenn sie auf ihrem Platz saß, wurde es so unerträglich, dass sie schließlich, ach, jetzt habe ich keine Lust mehr, Tschüss!

Meimann

Wieder, zum fünften, vielleicht zum sechsten Male schon, trieb es den Studenten Meimann, der seit nunmehr zwei Monaten hier wohnte, hinunter zum Briefkasten. Er wartete auf einen Brief, die Antwort auf seinen vor Tagen schriftlich gestellten Verlobungsantrag an Pilar, eine ihm hauptsächlich dem Augenschein nach bekannte Studentin der Rechtswissenschaft. Anders als auf dem schriftlichen Wege war es ihm angesichts der ihm leider kaum bekannten andalusischen Paarungsregeln nicht möglich, an ein Mädchen, zumal nicht an Pilar mit ihren schwarzen Locken, genannt rizas, heranzutreten. Schon in der Heimat hatte er gehört, dass einem andalusischen Mädchen der freundschaftliche Kontakt mit einem jungen Mann, zumal mit einem Blondschopf, genannt rubio, verboten sei. Zumindest, sofern dieser Kontakt zu innerhäuslichen Begegnungen führen könne, wovon er, Meimann, allerdings weit entfernt war. Auch sein Arzt, zu dem er sich vor Antritt des Auslandssemesters begeben hatte, um noch einmal von Grund auf Gewissheit zu erhalten über den Zustand seines Körpers, hatte ihm geraten, einem andalusischen Mädchen niemals auf den Bauch zu schauen, da ansonsten, kaum dass ihm der angeschaute Bauch am Himmel schwebe wie ein die Nacht erhellendes Gestirn, ein Verwandter des Mädchens ihn anfallen werde, um Blutrache zu üben. Darüberhinaus hatte er bemerkt, dass die andalusischen Mädchen, nicht allein jene der Rechtswissenschaft, sondern sämtliche ihm auf den Straßen entgegenkommenden Weiblichkeiten, niemals, einerlei, ob er sich zu einem Lächeln überwand oder nicht, in seine Augen zu schauen sich trauten, geschweige denn einen, sei es verhuscht dahingemurmelten, sei es spontan ausgerufenen, Gruß zu erwidern.

Bevor er den Briefkasten hatte öffnen können, wurde die nebenstehende Tür aufgestoßen und der Nachbar, ein selten, wenn überhaupt einmal seine Wohnung verlassender, dickleibiger Herr setzte ein mäusegroßes Füßchen ins Treppenhaus und erklärte in einem stark aufgerauten, fast bis zur Unkenntlichkeit verschliffenen Englisch, dass die Ankunft der Antwort, die er, der Señor Meimann, so ungeduldig zu erwarten scheine, durch das ständige Klappern mit der Briefkastentür, das einen Menschen aus der erforderlichen Mittagsruhe immer wieder herausschrecken lasse, nicht zu beschleunigen sei. Lo siento, erklärte Meimann mit gesenkten Lidern und, da der Nachbar bloß ruhig in seinem Türspalt stand, verneigte sich. Überhaupt könne mit einer Antwort, erklärte nun der Nachbar, der übrigens keineswegs auf die gemütliche Hausmannsart, sondern, mit Ausnahme der nackten Füßchen, ausnehmend elegant gekleidet war, heute nicht gerechnet werden. Ob der Briefträger schon da gewesen sei, erkundigte sich Meimann, bemüht, möglichst langsam zu sprechen, um dem alten Caballero, der offensichtlich froh war, sein eingerostetes Englisch noch einmal benutzen zu können, entgegenzukommen, zudem ja auch seine, Meimanns, Kenntnis des Spanischen, insbesondere des andalusischen Dialekts, noch in einem Zustand war, bei dem jede Begegnung, und sei es mit der Bäckersfrau, zu einem Abenteuer wurde. Der Nachbar schüttelte den Kopf und Meimann, wie so häufig in diesen Tagen, dachte an seinen heimischen Strafrechtsprofessor, Herrn Burgert, der gleich zu Beginn der ersten Vorlesung erklärt hatte, dass erst der schriftliche Ausdruck, meine Damen und Herren, sich in Genauigkeiten hinaufschrauben lasse, die den Menschen vor Schreck verstummen ließen.

Im fünften Stock, erklärte Meimann, wo er seine Wohnung habe, da bekomme er nicht viel mit von dem, was sich hier unten bei den Briefkästen abspiele. Schon häufig habe er den Erhalt von Paketen, die seine Mutter ihm schicke, da die ölige andalusische Küche ihn häufig ganze Tage lang gekrümmt im Bett verbringen lasse, versäumt. Schuld sei der Briefträger, der offenbar nicht über die nötige Kraft verfüge, oder Lust, zu ihm hinaufzusteigen. Nein, sagte der Nachbar und trat vor sein Klingelschild, auf dem Meimann dessen Namen zu erschielen versucht hatte, der ihm trotz des täglichen Erblickens beim Treppenhinaufschnaufen augenblicklich entfallen war. Laut ausgesprochen, hätte er den Mann womöglich hilfsbereiter gestimmt. Nein, sagte da auch Meimann, um zumindest ein Wort zu erwidern.

Wenn ich Ihnen einen Rat geben darf, sprach nun der Nachbar, der augenblicklich in sein muttersprachliches Idiom verfiel, noch dazu in die mit Meimanns kümmerlichen Sprachkurskenntnissen kaum kompatibel erscheinende Dialektvariante desselben. Por favor, sagte Meimann, woraufhin der Nachbar erklärte, was Meimann, der die vielen unverstandenen Worte mutig selber ergänzte, so übersetzte: Ich beobachte Sie schon seit langer Zeit und kann nun mit Bestimmtheit sagen, dass Sie ohne meinen Rat sich weiter nicht zu helfen wissen werden, dass Sie verzweifeln, wenn nicht gar zu Grunde gehen werden, sofern Sie nicht längst verzweifelt und zu Grunde gegangen sind, habe ich Recht? Was raten Sie mir?, fragte Meimann. Ich rate Ihnen, sagte der Nachbar, wobei er sein in das Treppenhaus gestellte Füßchen wieder zurückzog in die zum Schlafen gänzlich verdunkelte Wohnung, ich rate Ihnen, sich mit dem Gesicht ins Kissen zu legen und zu schlafen, so tief, bis die Antwort klar zu lesen steht auf einer Flagge, die flattert am Mast eines sanft in den Hafen gleitenden Schiffes.

Ich danke Ihnen sehr, murmelte Meimann in den sich verschließenden Türspalt, drehte dann den in der Zwischenzeit ins Briefkastenschloss geschobenen Schlüssel herum und zerrte, als er sie erblickte, Pilars Antwort, ein kleines Päckchen, heraus, zerriss den Karton noch auf dem Weg zurück nach oben und hielt, bevor er seine Wohnung erreichte, statt eines abgeschlagenen Hahnenkopfes, aus dessen Hals es dunkel tropfte, einen weißen Umschlag in der Hand. Er rupfte ihn auf, doch der Umschlag war leer. Kein Brief, kein Zettelchen, nichts. Mit schweren Füßen tappte Meimann die Treppen wieder hinab und unternahm einen bis tief in die Nacht sich ausdehnenden Spaziergang.

Gefahr des lockigen Wegs

Bevor mein Kopf in Stücke springt, kurble ich das Fenster runter. Dort, da hinten! Leuchtend dreht sich das Riesenrad. Achtung, sagt der Taxifahrer und tritt mit Schwung auf die Bremse. Ich zahle und kämpfe mich eilig hinein in den Rummel. Unzählige Menschen, die Schlange stehen vor dem Riesenrad. Als mein Bauch vor lauter Zuckerwatte schon zu wölken beginnt, komme ich an die Reihe und stürze meiner Geliebten in die Arme, die in der Gondel schon wartet seit unendlicher Zeit. Seit unendlicher Zeit, sagt sie noch einmal, während wir in die Höhe steigen zu unserer ersten gemeinsamen Runde seit dem Frühling, immer weiter hinauf, bis das Heulen und Kreischen aus der Geisterbahn kaum noch in die Gondel dringt.

Ich bewundere die Arme meiner Geliebten. Sie umschlingen meinen Rücken. Sie sind schmal und glatt und zeigen keine Ader, die sich vor Erregung aus der Beuge hebt. Aber sie hält mich fest mit aller Kraft, so fest, dass ich ihren Herzschlag spüre in der Brust. Ich habe das Kinn auf ihrer Schulter abgesetzt und schwanke hin und her im Duft ihrer pinkfarbenen Locken. Wäre mein Kopf von einem Glockenhelm umschirmt, ein lautes Läuten verkündete die Stunde meines Glücks.

Als es wieder hinuntergeht, krallt sie ihre spitzen falschen Fingernägel in meinen Rücken, mit einem solchen Ruck, als hätte sich die Schraube gelöst, als stürzte unsere Gondel auf die Erde zu. Aber ich trage ein festes Jackett und empfinde keine Schmerzen. Durch die Nase ziehe ich den Duft, der aus der Tiefe ihres Rückens steigt. Sie schwitzt ein wenig. Dem Riesenradbesitzer, der mich mit verschränkten Armen überprüft, zwinkere ich zu, als wir vorübergleiten zu einer weiteren Runde hinauf in die Höhe, so weit, bis wir wieder schweben auf diesem Summen, zu dem sich die Stadt hier oben verdünnt.

Schau die da drüben, sage ich, niemals, nicht einmal zum Jahrmarkt, dürfen sie aus der Wohnung. Schau, wie krumm sie im Fenster hocken, sage ich, endlose Abende im Wohnzimmer, unter diesem Wohnzimmerlicht, das nichts anderes ist als ein Gefängnislicht, und das erst abgeschaltet wird, wenn sie hinunterstürzen in den Schlaf. Und schau die Straßen, die Schlangen der Heimkehrer, in jedem Wagen einer eingesperrt, jeder Wagen ein Gefangenentransport, lauter Beine, lauter Füße, sage ich, die gekettet sind an die Pedale, lauter Hälse, die an die Lehne geschnürt sind, nur eine falsche Bewegung, der geringste Blick zur Seite, und sie erwürgen sich selbst.

Da flüstert mir meine Geliebte ins Ohr: Möchtest du mit mir in der Gondel bleiben, auch dann, wenn das Rad sich nicht mehr dreht? Herzlich gern, sage ich. Auch dann, fragt sie, wenn wir stehenbleiben auf halber Höhe, die kalte Nacht hindurch? Aber ja, sage ich. Auch dann, fragt sie, wenn die Gondel vom Rad geschraubt wird und wir all unser Geld hinlegen müssen, um den Riesenradbesitzer zu überzeugen, dass er uns nicht hinauswerfen darf, nie mehr, dass er uns in der Gondel lassen muss, immerzu, beim Ab- und beim Aufbau des Jahrmarkts, während langer Fahrten im Dunkel der Transporter, über Tage hinundhergeworfen und mit nichts versorgt als mit alten Süßigkeiten? Nichts lieber als das, sage ich laut. Aber auch dann, wenn wir eingelagert werden, vom Herbst bis zum Frühjahr, und mit einer Plastikplane abgedichtet gegen Licht und Luft? Auch dann, rufe ich. Auch dann, fragt sie wieder, wenn man uns aufgehängt hat, an einem winzigen Rad, das sich nur mit unserer Gondel dreht, auch dann, wenn wir mit Eis beworfen werden, während unserer winzigen Runde, mit Glühwein überschüttet, auch dann, wenn sich die Menschen die Nase zuklemmen, weil wir bereits so riechen, so stinken, so sehr, dass selbst der Riesenradbesitzer uns nur aus der Ferne und nur mit einem Feuerwehrschlauch abzuspritzen wagt, was überflüssig ist, da sich der Gestank längst durch die Haut gefressen hat bis ins Fleisch, willst du so, mein Geliebter, mit mir leben?

Während ihres letzten Satzes habe ich Luft geholt und schreie jetzt aus vollem Hals: Ja, ich will! Mein Atem fährt an ihrem Rücken herab in die Tiefe und lässt ihr Kleidchen flattern.

Da nimmt sie meinen Kopf in die Hände und sagt, mein Lieber, wir müssen uns trennen. Kaum haben ihre Lippen sich wieder aufeinandergelegt, springt sie aus der Gondel. Ihre pinkfarbenen Locken leuchten im Sturz. Der Riesenradbesitzer erwischt sie mit hochgestreckten Händen und trägt sie an der Schlange vorbei. Sie schließt die Augen und pustet, an niemanden gerichtet, einen Kuss in die Nacht. Als sie etwas zu ihm sagt, drückt sie der Riesenradbesitzer, in dessen Armen sie immer noch liegt, fest an seine Brust, während ich fortgetragen werde zu einer weiteren Runde durch die Luft.

Das Nasenhaar

Er riss sich ein Haar aus der Nase, das ihn gekitzelt hatte. Er riss sich ein zweites Haar aus der Nase, das ihn auch gekitzelt hatte. Er riss sich ein drittes Haar aus der Nase und musste niesen. Das gab drei gewaltige Explosionen. Bei der dritten warf es ihn derart aus dem Gleichgewicht, dass er, um nicht auf die Nase zu fallen, nach vorne laufen musste. Er machte drei hektische Ausfallschritte. Beim dritten hatte er das Fenster erreicht, das offen stand, um die ungestüme Frühlingsluft, auf die er seit Monaten gewartet hatte, hereinzulassen, und stürzte hinaus. Er stürzte drei Stockwerke tief. Als er am dritten und letzten vorüberstürzte, sah er seine Frau, den Kopf vor Lust zurückgebäumt, mit dem Nachbarn im Bett. Drei ist einer zuviel, dachte er und zerschmetterte auf dem Bürgersteig.

Explosion

Noch vier Tage bis zur Explosion, lieber Leser, doch niemand weiß es. Tag eins: Ein Junge, der nachts oft boxen geht und tags in einer Hotelbar arbeitet, verschaut sich in Tabita, eine junge, von schwarzen Locken umschlängelte, nach zwei Jahren hektischen Prassens fast schon wieder mittellose Erbin. Tag zwei: Tabita gibt Dr. Schulz, einem Anwalt, der in einem rostig braunen Industriegebiet in seinem Turm rackert wie ein Teufel, ungefragt das Jawort. Seit Wochen hat er nachts auf dem Heimweg an der Hotelbar gehalten und planlos an ihr herumgeschmeichelt. Den ganzen Tag rattern seine drei Kopiermaschinen, mit denen er das nächste Massenmahnungsschreiben vervielfältigt, um Filmfreunde, die unerlaubterweise Filme herauf- oder herunterladen, ins Unglück zu klagen, abends braucht er Vergnügung. Tag drei: Ein geisterblauer Nebel durchströmt die Straßen der Stadt. Zischend zieht er in die Häuser ein. Auch in den Turm, den soeben die Erbin betritt. Sie lacht, als sie sieht, wie der abends so elastisch über die Bar sich biegende Dr. Schulz jetzt eine bockende Maschine misshandelt. Aber Karten hat er. Schau, meine Liebe, die Galanacht der fliegenden Fäuste. Sogar dein kleiner Kellner steht dort im Ring. Denkt er im Dunkel seines Kopfes. Die Nacht des dritten Tages: Der Junge duckt sich, springt zur Seite, steckt ein, steckt ein, steckt ein und donnert dann, während im Publikum der Anwalt mit einer schaukelnden Schweißperle auf der Stirn Tabita an sich drückt, seine Rechte gegen die Kinnlade eines kantigen Berserkers. In Zeitlupe hebt er seine Fäuste an und blickt im aufschießenden Jubel geradewegs zu Tabita, die jählings abtaucht aus der Armschlinge ihres verdatterten Doktors und sich anschließend im Hotelzimmer von ihrem Barboy zuschauen lässt, wie sie ihre Höschen in den Koffer wirbelt. Sie durchbummeln die kochende Nacht. Tag vier: Das Unglück des Dr. Schulz und das Glück des Boxers kombinieren sich mit einer gewaltigen, die ganze Stadt in Stücke reißenden Explosion unbekannter Ursache.

Über den Fuchs

Von Nächten, die hinausragen in das allein vom Mond bewohnte All, davon weiß er nichts, der Fuchs. Mit spitz durchgestreckter Rute spaziert er über die Straße, hervorgehuscht aus einem Gebüsch, das üppig reift vor dieser Kirche, in der ich nie gewesen bin. Nie. Obwohl sie seit Jahren einen Orgelabend anpreist, der auch das haarigste Nervenkostüm zu lindern verspricht. Weder grimmgeladen noch abgewetzt von der Stadt und dem städtischen Leben, nein, elegant und ölig, so überquert er diese Kreuzung, an der ich stehe, denn hier stehe ich, seit Stunden und Wochen hier. Doch bevor ich ihn zu packen kriege, ist er schon verschwunden, abgetaucht zwischen den Hochhäusern, die tagsüber einen blauen Schatten auf die Straße werfen. Die Erdbeleuchtung ist auch ein Freund der Tiere hinter meinem Haus. Langte aber eine Hand aus der Himmelshöhe nieder und zöge meine Wohnung, die geheimnisvolle Lade, aus dem fünften Stock ans Tageslicht, auf nichts fiele dann der Blick als nur auf mein mit lehmbrauner Erde, in der die Trauerfliegen nisten, aufgeschüttetes Wohnzimmergrab. Jetzt sage ich: Niemals hat, wer mit einem Sommersonnenkopf die Nächte durchglüht, gehört, wie die Vögel ihr Lied in der Kehle ersticken, wenn der Herbst beginnt. Nur im Frühling, da belebt, nein, belämmert, das natürliche Singen die Gespenster in der Brust. Auch die Elstern in meinem Hof. Denn in der allerdunkelblausten Frühe schon erzeugen die Elstern einen Lärm, der schon einmal eine Dame, oh, mein abspenstiges Mädchen, glühzornesrot hat hinausfahren lassen aus dem Gemeinschaftswasserbett. Und husch ans Fenster vorgesprungen und unvergesslich, hörst du, hinausgefuchtelt mit den allerfeinsten Klavierfingerlichkeiten. Bis wieder Stille war. Alles still. Der Fuchs hingegen, er ist und bleibt das weich um die Ecken sich schmiegende Tier, weshalb auch von einem Fuchs im Schafspelz nie die Rede ist. Denn es ist allein der Wolf, der sämtliche in der Stadt wie auf dem gesamten Planeten angestaute Blutsmenschenrunst in seiner felligen Brust spazieren trägt. Folgerichtig gibt es auch den Werfuchs nicht, und gäbe es ihn doch, er wäre ein Trauerwesen allerersten Ranges. Mit klaffendem Maul hielte es inne und sänne, erkenne dein Herz, nach, ob es die Zähne in den Hals des lustig piepsenden Spielplatzmädchens zu schlagen berechtigt sei. Der Werwolf aber, er greift die Liebe, namentlich die angefuchste, und zwängt sich borstig, rossig, stramm in die schon bald davongelockte Mädchenmitte. Danach, während er sich mit seinem Gähnen fast selbst verschluckt, tappt das Mädchen die Treppen hinab und stolpert stumm über die stille und in alle Richtungen der Nacht unendlich sich ausstreckende Verkehrsstraßenkreuzung. Bis endlich der Fuchs, mein Feind, sich fein und lächelnd näherspitzelt. Freilich, nur aus der eigenen Erfindung zu sprechen, das kann zu Fehlern führen, ich zitiere aus einem Lexikon: Insbesondere der Graufuchs, der für gewöhnlich das offene Gelände meidet, ist ein Bewohner von Wäldern voll Laub. Sein Sohn, der Inselgraufuchs, gelangte im Rahmen der letzten Eiszeit auf eine nördliche Insel und tat sich alsbald hervor als lebendes Beispiel für die Inselverzwergung des Leibes und der Leibesgrässlichkeit. Was bedeutet das? Nichts! Unter den dreitausend von unserem städtischen Tierbeauftragten eigenhändig durchgezählten Stadtfüchsen diesen einen, der einmal ihre und heute meine Wege kreuzte, auszumachen, das ist ein Kunststück, das nie vollbracht werden wird. Und warum? Weil dieser von der Frühstückszeitung fröhlich ausgefragte Tierbeauftragte jetzt, unter der zahnfarbenen Scheibe des Mondes, zu Boden geprankt und fortgeschliffen wird. Nein, ruft er noch, auch er könne die Füchse nicht unterscheiden, auch er wisse nicht, wo sich, wer das Mädchen verlockte, jetzt verborgen hält. Auch wenn allein diese Auskunft meine bis ins All aufheulende Fellpersönlichkeit hätte beruhigen können. Kaum dass ich den Tierbeauftragten, und zwar mit meinen aus den Schuhen herausgeplatzten Tatzen, hinuntergestampft habe in die Wohnzimmererde, da glänzt auch schon der Morgen hoch und mein Fell weicht eilig zurück unter die Haut. Abschließend laufe ich hinaus und schwinge mich in den nächsten von fieberhaften Stadtbesuchern überquellenden Bus und erkläre, dass auch der berühmte Fuchs, von dem Sie vielleicht schon gehört haben, und zwar trotz seines berühmten Fuchszaubers, mit dem er Mädchen hinzureißen weiß, auf dass sie für immer entschwinden, gelegentlich seine löchrige Zunge bis zum Boden ausrollen lässt und den Atem blau und giftig dampfen lässt und die Pupillen schwarz einschrumpfen lässt zu einem auch Sie, mein Herr, und Sie auch, meine Dame, kalt durchstechenden Blick.

Im Nachtzug nach Paris

Nachdem ich drei Tage und drei Nächte auf der Bordsteinkante saß, den Blick stur gerichtet auf den Asphalt unter meinen Füßen, laufe ich zum Bahnhof und springe in den Nachtzug nach Paris. Schon gleiten wir über die Elbbrücken, unter uns der schwarz glänzende Fluss. Ich übe ein paar Sätze für den Schaffner, lieber Schaffner, werde ich sagen, ein Ticket habe ich nicht, aber fort muss ich doch. Auf dem Gang und in den Kabinen werden Koffer in die Ablagen gestemmt. Ein Großvater, bereits im Pyjama, lächelt mir zu. Blitzschnell presse ich den Mund an die Scheibe und blase die Backen auf.

Später entdecke ich, allein in einem riesigen Zweipersonenschlafabteil, eine strickende Dame. Natürlich ist sie keine Dame, sondern ein Mädchen, aber ich nenne sie Dame, da ich sonst keinen Namen habe, den ich an ihre Stirne heften könnte. Außerdem ist sie sehr elegant und das bin ich auch. Während ich sie, bloß ein Auge ins Fenster geschoben, von oben bis unten studiere, teile ich mit, dass man nicht ein jedes Mädchen Dame nennen kann, aber jede Dame Mädchen nennen muss, mindestens einmal pro Tag. Anfügen möchte ich noch, dass Damen im eigentlichen Sinne ausgestorben sind und es, mit Ausnahme meiner Schwester, nur noch Ziegen gibt, Hühner, Stuten, Säue, zumindest dort, wo ich herkomme.

Ich klopfe an und frage, ob sie bereit wäre, ihren Strumpf zu unterbrechen, um auch mir etwas zu stricken. Etwa eine Denkhaube?, fragt sie streng. Nichts lieber als das!, sage ich gleich. Sie überlegt ein Weilchen und schließlich sagt sie Wort für Wort: Es ist möglich. Dabei blickt sie mir knapp über die Augen. Ist meine Stirn denn so zerknittert? Eilig prüfe ich meinen Anblick im Spiegel, doch nein, es sind die Haare, wie hundertzwanzig Antennen stehen sie ab von meinem Kopf. Schuld ist nur die Bordsteinkante, sage ich, dort habe ich gesessen, drei Tage und drei Nächte lang, nichts und niemanden habe ich angesehen als nur die nackte Straße. Die Dame allerdings ist bereits sehr beschäftigt mit dem Stricken meiner Denkhaube. Ich werfe einen Blick hinaus in die Nacht und falle neben ihr auf die Liege. Es wird Zeit, dass ich zum Ende komme, sagt sie, Sie haben die Beherrschung ja vollends verloren. Darauf stoßen wir an!, rufe ich und laufe bis ins Bordrestaurant, um zwei Gläser zu holen, randvoll mit einem Wein zur Feier des Tages.

Kaum aber betrete ich das Bordrestaurant, betritt es am gegenüberliegenden Ende auch der Schaffner. Er hat mich schon gesehen, tut aber so, als merke er nichts. Er will nur nah genug an mich herankommen, damit er mich packen kann, denke ich, zwei Waggons zurückgerannt, und klopfe an das Abteil des Großvaters. Als sich eben die Schuhspitze des Schaffners in den Gang schiebt, öffne ich die Tür und gleite unter die Liege des alten Schläfers. Kaum bin ich in Sicherheit, atme ich, und zwar mit der Nase, eine Staubflocke ein. Erwischt!, schreit der Schaffner, als ich niesen muss. Als würde ein Fahrgast nie und nur der Schwarzfahrer niesen! Aber die Tür geht auf und das Licht geht an und herein schaut der Schaffner. Aufwachen!, lautet das Kommando. Der Großvater schiebt die Beine über die Bettkante und gähnt wie ein Löwe. Was ist das hier?, will der Schaffner wissen, während er mich an einem Fuß hervorzieht. Der Großvater blinzelt verträumt und behauptet, ich wäre sein Gepäck. Das Gepäck, bellt daraufhin der Schaffner, gehört nirgends hin als nur in die Gepäckablage. Er zerrt mich auf den Gang und stemmt mich auf das Gitter über den

Türen. Tun Sie ihre Pflicht, sage ich, doch der Schaffner schweigt. Bevor er den Gang hinunterschlendert, schnürt er meine Fußgelenke mit seinem Gürtel, den er mit einem Peitschenknall aus den Schlaufen seiner Hose reißt, am Gitter fest.

Statt mich zu befreien, was leicht möglich wäre, liege ich so lang auf dem Gitter, bis mich die Langeweile überfällt. Also nehme ich das Handy, das ich vom Nachttisch des Großvaters entwenden konnte, während der Schaffner mich hinaustrug, und wähle die Nummer meines Arbeitgebers. Natürlich ist mein Arbeitgeber noch bei der Arbeit und sagt: Sie, drei Tage ist es her, was fällt ihnen ein! Still, schreie ich, Sie sind entlassen! Zufrieden lege ich auf und zähle die Lampen auf dem Gang. Eins, zwei, drei, vier, fünf, sechs. Plötzlich wird mir warm am Kopf, und warum? Weil unter mir die Dame steht. Eben hat sie mir die Denkhaube übergestülpt und fragt, ob sie mir gefällt. Einen Augenblick, sage ich und schließe die Augen. Jetzt fällt es mir wieder ein. Als ich auf der Bordsteinkante saß, warfen die Leute mir Geld in den Schoß. Es hilft ja nichts, sage ich dem herbeigeholten Schaffner und gebe ihm die Münzen und Scheine, die sich in meinen Taschen finden. Der Schaffner zeigt die Zähne, als wollte er beißen, dann befreit er mich und marschiert ergrimmt den Gang hinab.

Herzlichen Dank, rufe ich und falle der Dame um den Hals. Jetzt ist es aber gut, sagt sie, wir fahren weiter bis nach Frankreich, wo wir uns, noch kurz vor Verlassen des Zuges, aus den Augen verlieren und im Leben nicht mehr wiedersehen. Nie im Leben, sage ich und ziehe aus der Tasche meinen letzten Schein. Jetzt trinken wir drei Gläser Champagner. Auf das Leben in Paris! Drei Tage und drei Nächte nämlich saß ich auf der Bordsteinkante. Das weiß ich ja schon, sagt meine Dame. Weiß sie aber auch, dass ich weder geschlafen noch getrunken noch gegessen habe, nein, das weiß sie nicht. Aber warum, fragt sie. Allein, verkünde ich, um Sie einzuladen in das Bordrestaurant im Nachtzug nach Paris. Das scheint ihr zu gefallen, zumindest stehen wir nun auffällig dicht voreinander. Haben Sie sich mir oder ich mich Ihnen angenähert, frage ich. Vielleicht haben wir uns gegenseitig angezogen, sagt sie. Vielleicht sollten wir uns gegenseitig ausziehen, sage ich.

Da tritt plötzlich ein unerhörter Geschäftsmann an uns heran und bittet mich, dass ich ihn entschuldige. Das kommt nicht in Frage, erkläre ich, die Geschäftsmänner sind an allem schuld. Nur die Ruhe, antwortet er und schiebt mich mit seinem riesigen Zeigefinger zurück, bis mein Kopf aus dem offenen Fenster ragt und meine Haare zerzausen im Wind. Als er mit der Dame im Abteil verschwunden ist, wähle ich schnell die Nummer meiner Schwester und sage ihr das Folgende: Ich bin allein im Nachtzug nach Paris und mein Geld geht zur Neige und beim geringsten Anlass wird der Schaffner nicht zögern, mich wieder anzugreifen. Komm, sagt meine Schwester, komm zu mir, es ist noch nicht zu spät. Ich werde dich umarmen, bis dein Atem ruhiger geht, und am nächsten Tag um neun wird alles wieder vernünftig sein.

Da erreichen wir plötzlich Paris. Ich werfe, während meine Schwester weitere Vorschläge macht, das Telefon ins Abteil des Großvaters und nutze das Gewühle, um meiner Dame heimlich zuzuflüstern, dass wir uns wiedersehen müssen. Nutze die Denkhaube!, flüstert sie unter der Achsel ihres Geschäftsmännermannes zurück. Das tue ich und muss einsehen, dass sie den Anderen, zumindest nicht für mich, der ich drei Tage und so weiter, niemals verlassen wird, auch wenn der Schmerz sie verfolgen soll bis ins Grab.

Ich setze mich in ein Café, vertrinke meinen letzten Schein und lese, bis es dunkel wird, eine französische Zeitung. Da ich ein schlechter Schüler war, verstehe ich kein Wort und klettere schließlich aus dem Schein der Straßenlampen hoch auf den Eiffelturm. Oben angekommen, rufe ich aus, was ich einmal gelernt habe, nämlich bien faire l'amour, und kippe über das Geländer.

Johanna von den Engeln

Nach einem Film von *Jerzy Kawalerowicz*

Ist es meine Schuld, dass ich von sieben Dämonen besessen bin? Das fragt die Oberschwester, als er, Joseph, der neue Pater, der alte wurde verbrannt, über die Klosterschwelle schreitet. Die Austreibung misslingt, und am Ende, die Axt erhoben und vor sich nichts als die schwarze Kraterlandschaft, die hinüberführt ins Dorf, wo ein Pferd im Dunkeln steht, auf dem sich davonreiten ließe bis wer weiß wohin, am Ende, mein Herr, bin ich verloren. Doch so allein kann er, der Pater, sie, Johanna, deren Dämonen er willentlich hineinfahren lässt in die weit aufgesperrte Wohnung seiner Brust, befreien. Zu Beginn jedoch, in einem Gottesdienst, der seiner Stärkung dient, da sieht man sie zu Boden sinken, zehn Schwestern sind es, und sie schlagen mit den Ärmeln wie mit Flügeln. Beten sie oder drängen sie, Geschlecht voran, hinab in den Grund? Jetzt Johanna, eingehüllt in ein weißes, den Leib weich umschleierndes Tuch. Und jetzt Joseph, der sich mit der Peitsche auf den Rücken schlägt. Schwester Johanna! Schwester Johanna! Und endlich, unter dem weit gespreizten Dach, wo die Tücher auf den Latten schaukeln, es sind frisch gewaschene Tücher und es sind leise knarrende Latten, endlich siegen die sieben Dämonen.

Der Niedliche

Der Niedliche kam aus der Videokabine, räusperte sich und erklärte, dass er sich nichts, meine Damen und Herren, aber gar nichts, nein, überhaupt rein gar nichts mehr verbieten lassen werde.

Der Hund

So ein den Bürgersteig sich hinunterschleppender Hundeschlauch mit erschöpft über die Betonplatten schleifender Zunge. Jetzt, hochgeschreckt, wusste er gar nicht mehr, ob sie den, vielleicht mit einem zierlich ausgestreckten Klavierfingerlein, auch angerührt hätte, gestupst, kleiner müder Lumpenhund, dein Anblick tut mir weh, oder ob sie lieber, eine Hand auf ihren großen runden Mond, nein, Mund, gelegt, die Schultern im Wechsel hoch- und niederhüpfend, leise gegluckert hätte über so ein müdes Bodenleben, oder ob sie gar sich zirkusreif zurückgebogen hätte vor Gelächter, das Kinn spitz hochgereckt zum Weltraum, der uns allesamt verschlingen wird. Anderes hingegen bleibt immer klar, zum Beispiel, dass sie, wenn er seinen Kopf zur Küche hinausschob, um auf den Balkon zu schauen, wo sie mit ihren Fingern spielte, ganz für sich allein, dass sie da zu strahlen begann und ebenso silberne wie kreisrunde O-Laute ausstieß, die in der Nachtgartenluft glitzernd zerplatzten.

Zettel in der Hose

Mit einem Zettel in der Hose, so tritt ein seit Tagen, ach, seit Wochen, von allen und von allem sauber abgetrennter Mensch auf die Straße. Betrug, Betrug, denkt er gleich. Meint aber nicht den Himmel, der sich über seinen Schritten sizilianisch bis ins Weltall wölbt und mich an etwas, das aber dunkel bleibt, rot und dunkel, erinnert, sondern den Zettel in der Hose. Denn auf den Zettel draufgeschrieben hat er ein Gedicht. Keine, sagen wir mal, zehn Stunden ist es her, dass er zum ersten Mal seit Tagen, nein, ich sagte Wochen, wieder das Bett verließ, auch die Wohnung, auch das Haus, und gleich in ein Gespräch geriet. Und jetzt? Jetzt werden gleich Gedichte getauscht. Erschrockner Schwenk in eine Bar, an den Tresen, ein Getränk in den Hals, und schon die Hosen heruntergezurrt, auf der Toilette befinden wir uns. Warum so fahrig, wird sie fragen, hast du kein Gedicht, das mir die Augen aufschlitzt, und zwar für nichts als nur das Unsichtbare? Da legt er sich den Zettel auf die Zunge, um ein Wort, das ihm falsch erscheint, wie im Grunde der ganze Satz, wie im Grunde das ganze Gedicht, auch der Zettel, auch das Leben, erst zu verwischen, dann auszulöschen. Die Tinte schmeckt aber bläulich! Nein, es darf keine Sorge den Kopf umwölken wie eine weltumspannende Gewitterlichkeit. Denn eine Sorge, die schädigt die Natürlichkeit und damit auch die Freilichkeit, die, übrigens, unter deiner Bluse glockelt. Siehst du, so rede ich, das schreit er ins Toilettenrauschen. Aber was ich auch rede und wie sehr du auch die Worte willst aus meinem erst heut früh, und zwar alkoholisch, außerdem heruntergebrummt bis auf Null, hingekritzelten Gedicht, es ist gleich.

Zur Bekräftigung klopft er mit der Stirn an die Fliesen. Im Grunde, fügt er an, gibt es, was mir nicht gleich wäre, nicht. Ausnahme: Ein auf rohe Eier sich setzendes, genauer, dein auf rohe, nein, dein sich nackt auf vier rohe Eier setzendes, du weißt schon, Arschgewölbe. Auch wenn gleich die Schale bricht, alles herunterfließt, am Bein herunter bis zum Boden. Gelb. Ein schwerer gelber Dotter. Und schwere gelbe Luft. Und Fliegen, schwarze Flecken, die kleben an der Stirn. Auch dein den Verstand versenkender Geruch wäre mir, fügt er an, keineswegs gleich. Wenn du rücklings auf den Tisch gestreckt, in der Küche, die Arme abgespreizt in die ringsum wabernden Mehlnebelschwaden, still! Der Reißverschluss schnurrt, und die Toilettentüren klappen auf, klappen zu, nein, jetzt wird nichts mehr getrunken. Er tritt aus der Bar und lässt die Beine vorwärtsschwingen. Dabei sich fragend, was sagte noch die Lehrerin, was wäre ein Gedicht? Doch bevor er sich erinnern kann, da winkt sie schon, nein, nicht die Lehrerin, die Nachtbekannte, die so traurig sich am Tresen krümmte, jetzt winkt sie vom Balkon. Und er fragt sich, was er tut, wenn sie merkt, dass ihn ihre nächtlich eingestandene Gedichteschreibstockung in Wahrheit nur sehr wenig, nämlich das allergarkeinste Bisschen, interessiert noch je wird interessieren können? Stattdessen nur das großartig auf dem Tresen lastende Brustgebirge, der glühende Gletscher dazwischen. Doch wer solche Dinge denkt, der fliegt vom Balkon und hört sie schreien hinter sich: Eine jegliche Eingeladenheit auf Erden ist Ihnen auf Lebzeit entzogen! Nein, im Grunde weiß er ja, dass man eingangs keine Rolle spielen darf und später weder vorwärts noch rückwärtsrollen darf. Essen Sie einen krachenden Apfel mit mir, das werde ich sagen, sagt er sich, dann einen zweiten, noch einen dritten, und dann schnell hinaus zum erneuten Toilettenrauschegang, um den Gedichtetauschegang, bei dem alles, ich ahne es, ich fürchte es, auffliegen wird, hinauszuzögern. Immerhin, du wohnst allein. Ach, setz dich bitte auf den Küchentisch, während ich stoße, nein, drücke, nein, ich segele mit dem Zeigefinger herab auf deinen Klingelknopf. Denn noch, noch steht er, düster seinen Zettel knetend, unten vor der Tür. Sobald ich läute, geraten wir in Kontakt. Gleich noch einmal, dringlich scheinen, aber nicht zu sehr. Und schon bittet die Königin des Gegensprechanlagenhauchens, hoch- und hereinzukommen. Herein, sie hat herein gesagt! Eins ist klar, nein, nichts. Aber, aber, wer wird gleich aus dem Leim geraten, nur weil er jetzt mit dem Fahrstuhl hinauffährt in eine Wohnung, um eine zufällig angetroffene Gedichteschreiberin, die zufällig steckengeblieben ist in der Gedichteschreiberei, anzugreifen mit einem windeseilig hingekritzelten Leiberoberungsbetrugsgedicht? Eins ist klar, sagt er sich, aber nur zur Zerstreuung, im Inneren eines Hundes, da herrscht ein rotes Dunkel. Kann ich das in Ruhe lesen ohne diese Liebesblicke in den Abgrund meiner Brüste, fragt sie, kaum dass wir den Balkon betreten. Schluss damit, sagt sie schließlich, die Kugel zu einem Zettel knüllend, nein, umgekehrt. In hohem Bogen steigt es auf, das weggeschnippste Kügelchen, während ihre aufgeregten Fingerchen ihn zurück ins Zimmer ziehen. Doch wie es weiter und zu Ende geht, wenn er, der immer noch bierisch dünstende Betrüger und sie, die naturische Klugheit, den Kontakt vertiefen, das kann sich jeder selber denken. Also schließen wir die Türen und schauen vom Balkon herab auf die Straße, auf diesen Hund, der eben die Kreuzung überquert und in der Schnauze überhaupt keine sauber abgesägte Hand spazierenträgt. Angelangt auf dem Bürgersteig, entfährt ein Knurren seiner Brust, das mich an ein Gewitter erinnert, das vor einigen Jahren, kurz vor dem Abflug, glaube ich, niederging über Palermo.

Marie

Nach der Erzählung *Die Araukarie* von Juan Carlos Onetti

Oben angelangt, blickte Larsen, statt in die Ebene, die sich unter dem weißen Licht des Nachmittags vor ihm ausstreckte, auf die Soutane. Bei jedem Schritt hatten seine Knie eine Beule in den Stoff gestoßen. Jetzt hing er reglos von seinen Schultern herab. Eilig, da er den Anblick nicht ertrug, schlug er dem Esel in die Seite, setzte sich wieder in Bewegung und spürte wieder seine Knie am Stoff. Fiebrig fühlte er sich. Als glühte der Kopf. Der Atem des Esels übertönte die Geräusche der Landschaft. Er ließ den Koffer schaukeln, hörte etwas verrutschen darin, eine Bibel vermutlich, vielleicht noch ein Kreuz, doch nichts, was helfen konnte, wenn man am Boden lag, das Gesicht ins kühle Gras gedreht, um den Schmerz zu lindern, falls man Schmerzen noch empfand, und im Rücken der Raum, in dem die Erde schwebt, der dumme Weltraum, der einmal zusammenschrumpfen wird auf eine stumme, alles verschluckende Null.

In wenigen Kilometern Entfernung hob sich aus der Fläche einiger sonnenverbrannter Felder ein schmutzigweißes, aus Betonplatten zusammengehämmertes Gebäude hervor, sechs Stockwerke hoch, ein Landarbeiterbau. Gebüsche umwucherten das Erdgeschoss. Auf der Rückseite reckte ein Baum seine Krone kegelförmig gen Himmel. Ringsherum, mit sandigen Wegen verbunden, standen weitere Häuser, sechs Stück an der Zahl, teils mit schwarz ausgebrannten Fenstern, teils mit segelgleich ins Freie sich wölbenden Gardinen.

Er hatte sich auf wenige hundert Meter angenähert, behutsam von einem Gebäude zum anderen blickend, denn er wollte niemanden übersehen, der dort womöglich untergetaucht war, er wollte selbst dort untertauchen, wollte die Augen schließen und still daliegen, einen ganzen Tag lang oder lieber zwei, still auf dem Boden, still auf der Brust, da blitzte es. Einmal nur. Oben auf dem Dach. Reflexartig hatte er sich hinter den staubigen Körper des Esels geduckt. Dick genug, um eine Kugel abzufangen. Im Rücken der mühselig überwundene Hügel, rechts und links und geradezu nichts als das trockene Land. Der Esel senkte den Kopf und scheuerte seine Schnauze über den gelben Boden. Wer immer ihn gesehen hatte, würde sich wundern, warum er, ein Pater in Soutane, in Deckung gegangen war und sich sogar immer noch, vielleicht schon eine Minute lang, hinter dem Tier verbarg. Anstatt die Arme zu heben und den Menschen zu winken, die ihn, sei es mit einem Fernglas oder mit einem Zielfernrohr, entdeckt hatten. Er musste besser auf seine Reflexe achten, denn jetzt, so im Nachhinein, aufzustehen und weiterzulaufen, als hätte er nichts gesehen, wer würde das glauben? Dennoch erhob er sich, wenn auch langsam, und folgte, eine Hand zum Gruß in die Luft gestreckt, Schritt für Schritt dem Weg, bis vor den Eingang des großen Gebäudes, einer lautlos in den Angeln schaukelnden Tür.

Kaum eingetreten, biss ihn der Muff alten Urins so scharf in die Kehle, dass er am liebsten rückwärts wieder rausgestolpert wäre, zurück an die Luft, ins Licht, zu diesem Esel, der mit seinem erschöpften Atem die Stille durchbrach. Da zuckte er, denn plötzlich fuhren hinter ihm, ohne dass er sie zuvor bemerkt hätte, zwei Fahrstuhltüren auf, verschwanden schabend in der Wand. Grünes Licht fiel auf den Boden, erhellte den hereingewehten Sand, ausgeblichene Plastiktüten, zerschmettertes Gestühl. Er trat in den schmalen Kasten und noch bevor er einen Knopf drücken konnte, schlossen sich die Türen. Kaum dass es in die Höhe ging, rammte er den Koffer gegen eine Haltestange. Die Schlösser hielten stand, doch die Scharniere auf der Rückseite rissen aus dem Leder. Bis auf zwei struppige Latschen aus Stroh kam nichts zum Vorschein, was er nicht erwartet hätte. Er zerrte sich Stiefel und Strümpfe von den Füßen, stopfte alles in den Koffer und verwedelte, wofür die Ärmel der Soutane wie gemacht schienen, seinen schwefeligen Fußgeruch. Dann, in die Latschen geschlüpft und den Koffer gegen die Brust gedrückt, genoss er, mit gesenkten Lidern, die kühle, ihn eng umschließende Kabine, in der die Hitze zu verdampfen begann, die sich seit dem Morgen in seinen Kopf gebrannt und seine Sicht gelegentlich hatte flimmern lassen.

Mit einem Ruck endete die Fahrt, sechster Stock, die Türen fuhren auf. Vier oder fünf Schritte tief im Flur stand ein Mann in einem hellblauen Bademantel. Er betrachtete stumm, wie Larsen, der versuchte, möglichst würdevoll zu nicken, aus dem Kasten trat.

»Hier entlang, Pater«, sagte der andere und begann, während die Türen sich wieder verschlossen, den schwach erhellten Gang hinabzuschlendern. Larsen klemmte sich den Koffer unter den Arm, bemerkte noch, dass der Treppenabgang mit Brettern verbarrikadiert und die darin eingelassene Luke mit einem Hängeschloss versperrt war, dann eilte er dem Mann hinterher.

»Meine Schwester erkennt mich nicht mehr«, begann dieser, als Larsen aufgeschlossen hatte, »außerdem liegt sie im Sterben.«

Larsen griff sich an den Hals.

»Ich werde tun, was in der Macht steht«, sagte er, bemüht, seiner Stimme einen möglichst beruhigenden Brummton zu verleihen.

»In wessen Macht?«, fragte der Bruder, ein Ohr über die Schulter gedreht.

»In der Macht des Herrn natürlich«, erwiderte Larsen, der erschrocken war, dass er bloß auf seine Stimme geachtet hatte, aber nicht darauf, was er mit dieser Stimme sagte. Doch der Bruder schien mit der Erklärung zufrieden und tippte im Vorübergehen beiläufig an die locker angelehnten Türen eines bis unter die Decke reichenden, ausladend breiten, schwarzen Schranks. Vom Ende des Gangs her strahlte ihnen durch den Schlitz einer halb geöffneten Tür, die in ein Arbeitszimmer führte oder in ein Büro, das Tageslicht entgegen.

»Ich bin froh, dass Sie zu uns gekommen sind«, sagte der Mann im Bademantel und blickte ihn an, »wir sind ja hier draußen ganz allein.«

»Wir sind nie ganz allein«, entgegnete Larsen. Lächelnd wandte sich der Bruder einem weiteren Zimmer zu, entriegelte das Schloss und stieß mit dem Fuß gegen die Tür, die lautlos aufschwang in einen saalartigen Raum. In der Mitte, knapp verfehlt vom Licht des einzigen nicht mit Zeitungen verklebten Fensters, stand ein Gitterbett. Draußen ragten die stengelförmigen Blätter des bereits aus der Ferne bemerkten, riesenhaften Baumes steif auf.

»An die Arbeit«, sagte der Bruder und schwenkte seine Hand im Halbrund durch den Raum. Da sich auf dem Bett nichts regte, auch unklar blieb, ob überhaupt jemand darauf lag, blickte Larsen dorthin, wohin die Hand des Bruders zuletzt gewiesen hatte, zu einem Stapel von vielleicht zehn oder zwölf Matratzen, der sich an der rechten Wand bis knapp unter die Decke erhob, als plötzlich das Laken auf dem Bett, der Körper darunter, die Schwester auffuhr und sich stöhnend gegen den Stoff drückte.

»Vorsicht, manchmal wird sie gefährlich«, sagte der Bruder und schob Larsen, indem er dessen Nacken mit zwei

Fingern umfasste, über die Schwelle. Die Frau presste das Gesicht ins Laken und öffnete schnappend den Mund, als ginge ihr die Luft aus. Vorsichtig legte Larsen den Koffer auf den Boden. Dann, als schlüge ein Stein gegen ihre Schläfe, riss die Frau den Kopf zur Seite, schleuderte sich über die Kante des Betts. Noch bevor sie aufschlug, war Larsen vorgesprungen, um sie aufzufangen, froh, sich dem Bruder, dessen Blicke er im Rücken spürte, sogleich so praktisch beweisen zu können. Er legte ihren Kopf auf die Fliesen und schlug, wie man es so machte, mit flatternden Ärmeln ein Kreuz in der Luft. Dann griff er nach den Schultern der reglos daliegenden Frau, wollte sie zurücklegen auf das Bett, wollte sie fest einwickeln in das Laken, wie ein Baby, wollte betend vor ihr stehen, bis sie wieder zu sich kam, da huschten unter dem Tuch, wie Mäuse, dachte er noch, zwei weiße Hände hervor, packten, bevor er es begriffen hatte, seine Ohren und zerrten sein Gesicht herab auf ihre teigig weichen Brüste.

»Sind Sie mein Pater, Herr Pater!«, schrie sie unter dem Laken und versuchte offenbar, die Ohren von seinem Kopf zu reißen. Strampelnd lag er auf ihrem Bauch, umklammerte ihre Handgelenke und hätte sie gern mit einer Kopfnuss zur Ruhe gebracht. Immerhin, als er bemerkte, dass die Tür geschlossen und der Bruder verschwunden war, da konnte er den Griff um ihre Gelenke so fest zusammenschrauben, dass sie aufheulend von ihm abließ.

»Der Herr ist bei Ihnen«, stieß er hervor, schwitzend unter der verdammten Soutane.

»Das weiß ich schon«, die Schwester kam auf ihn zugerutscht, noch immer verborgen unter dem Laken, nur die Hände hatte sie vorgestreckt. Er wartete, bis sie ihn erreicht hatte, dann riss er ihr das Tuch vom Gesicht. Doch statt ihrer Augen sah er nur die schnell zuschlagenden Lider. Am liebsten hätte er ihre Wangen beidhändig durchgeknetet, so fest, bis das Lächeln, das sie auf den Lippen trug, stolz, wie ihm schien, zerquetscht wäre. Stattdessen beugte er sich soweit herab, bis er ihren Atem auf der Stirn spürte und durch den Ausschnitt ihres Unterhemds geradewegs herabschauen konnte auf ihren schwarzen Plastikslip.

»Hier riecht's nach Tier«, sagte sie, griff nach dem Laken und warf sich eingewickelt zurück auf die teils mit Teppichklebeband geflickte, teils zerbissen wirkende Matratze. Ihr Gesicht versank in einem blauen Kissen. Larsen, der zwei Schritte neben dem Bett stand, ließ die Hände über die Soutane gleiten, von der Brust an abwärts über seine Rippenbögen, die ihm zerbrechlich vorkamen, spürte seine Hüftknochen und seine Oberschenkel. Kurz fragte er sich, was er tun könnte, um die Aufmerksamkeit der steif vor ihm liegenden Frau zurückzuerlangen, ein Gebet murmeln vielleicht oder ein Liedchen singen, dann griff er die Soutane und raffte sie, leise raschelnd, in die Höhe. Augenblicklich reckte sie den Kopf, schlug die Augen wieder auf und beguckte seine Schienbeine, die noch blutig waren, verwundet vom Stock des Paters.

»Schau, schau«, sagte sie. Er fragte sich, ob er ihr erzählen könnte, was geschehen war. Da hob sie einen Fuß und streckte ihn zur gegenüberliegenden Wand, zu den Heiligenbildchen, die dort in den Stein gehämmert worden waren, kleine Bleimedaillons mit verwischten Farben. Larsen war eben nähergetreten, in der Hoffnung, hier eine Eingebung zu finden, was er tun könnte, schließlich würde der Bruder ein Ergebnis erwarten, als hinter ihm die Schwester schrie: »Mit meinem Bruder, einem Mann, habe ich, seit ich dreizehn Jahre war, und er, mein Herr, war älter als ich, sechzehn Jahre war er alt und ist noch heute älter als ich, mit ihm habe ich, haben wir, im Frühling und auch im Sommer darauf, das ganze Jahr hindurch und jeden Abend haben wir, im Schatten des Baumes, der Araukarie, die in unserem Garten steht seit bald tausenddreihundert Jahren, geliebt haben wir uns, und wer weiß schon noch, wer angefangen hat oder ob uns der Wunsch gemeinsam kam, denn auch wenn er aussieht wie ein Heiliger, mein Bruder, kaum dass er fertig ist, da fängt er schon von vorne an und er wird nicht müde, niemals müde, sagen Sie, was wünsche ich mehr?«

Larsen lauschte, ob sie nach diesem seltsam aufgesagten Text still bleiben würde, dann breitete er segnend seine Hände aus.

»Lügen Sie nur«, sagte er sanft, »lügen befreit.«

»Nein, er ist fort«, erwiderte die Schwester und strampelte das andere Bein ins Freie. Mit sanft federnden Muskeln landete der Oberschenkel auf der Kante des Betts. Einen Arm auf den Rücken gelegt, den anderen angewinkelt und erhoben, eine beruhigende Geste, wie ihm schien, so wanderte er zum Bett zurück und starrte, kaum dass er sie bemerkt hatte, auf die faustgroßen, lilafarbenen, an den Rändern bereits ins Gelbliche hinüberspielenden Flecke auf den Innenseiten ihrer Oberschenkel. Stumm spreizte er drei Finger auseinander und setzte sie, wie bei den Liegestützen im Hof der Kaserne, zu den Seiten zweier Flecke auf die Haut.

»Sie werden mich retten?«, fragte sie leise.

»Ich würde gern, sehr sogar«, er nickte zur Bekräftigung und richtete sich wieder auf. Sie starrte reglos zur Decke, lag da wie tot. Schließlich drehte sie den Kopf und blickte zum Fenster, zu den Ästen der Araukarie, die hochgewachsen war bis in den sechsten Stock und deren ledrige, dunkelgrün glänzende Blätter das späte Licht des Nachmittags in Bahnen zerteilten. Während Larsen den Baum betrachtete, den Beweis, wie es schien, für ihre Geschichte, berührte sie die Soutane. Sie drückte den obersten Knopf, so, als ob man ihn, Larsen, einschalten könnte wie einen Automaten.

Dann ließ sie den Finger langsam abwärtsrutschen, krallte, als sie die Hüfte passierte, den Nagel auf den Stoff und fuhr kratzend hinab bis zum Saum. Unten angekommen, blickte sie auf, plötzlich panisch, schwitzend, bleich, ein junges Mädchen von siebzehn Jahren vielleicht, das langsam zurücksank auf das Bett. Unter dem Laken liefen ihre Brüste weich auseinander. Er hätte sie an sich reißen, sich auf sie werfen, sie niederdrücken wollen, doch er setzte bloß die Hände auf ihre Unterarme und küsste mit geschlossenen Augen ihre glänzende Stirn.

»Nimm mich mit, wohin du auch gehst«, flüsterte sie.

»Warte hier«, sagte er, dann lief er eilig hinaus auf den Gang. Während er die Tür von außen wieder zuzog, warf er einen letzten Blick auf die Schwester. Die Knie aufgestellt, die Kanten der Matratze umklammert, so lag sie da. Der Schlüssel steckte von außen im Schloss. Zur Sicherheit, falls der Bruder ihn heimlich belauschte, schloss Larsen einmal links herum, dann wieder nach rechts, so dass es klang, als habe er doppelt zugeriegelt. Mehr konnte er nicht tun.

Dann wandte er sich um zu der Tür, aus der das Tageslicht drang, klopfte und trat hinein. Die Soutane klebte an seinem Rücken. Er ließ den Blick durch den Raum wandern, über ein klebrig wirkendes Schlafsofa, die Tür daneben, den Tisch davor, eine Platte auf zwei Plastikkästen, bis er schließlich bei einer Art Empfangstresen angelangt war, einem mit Handtüchern überhängten Regal, auf dem eine Fernbedienung lag. Ohne zu zögern nahm er den Stab und zielte damit auf das kleine Fernsehgerät in der Ecke über der Tür. Als sich die Dunkelheit auf dem Bildschirm knisternd aufgelöst hatte, waren, wenn auch bloß tonlos und schwarz-weiß, Bilder brennender Autos zu sehen, umgestürzter Busse, eine von Explosionen verwüstete Bankfiliale, Kommandokräfte in Kugelwesten, bewaffnet, auf Motorrädern und zu Fuß, allesamt im Einsatz zum Schutz der Regierung, wie ein am unteren Rand durchlaufender Text erläuterte, die die fortgesetzten Rechtsbrüche und Korruptionsvorwürfe nicht länger dulden werde. Larsen versuchte zu erkennen, ob bereits Kollegen zum Einsatz beordert worden waren oder ob die Polizei noch alles regelte, doch die Gesichter waren winzig klein und unscharf noch dazu. Aber selbst wenn sie heute nicht dabei waren, dann wären sie es morgen. Eilig begann er, die Programme durchzuschalten, wollte wissen, ob es vielleicht auch Bilder gab von seinem Pater, wie er am Boden lag, Arme und Beine in die Uniform gestopft, das Gesicht ins kühle Gras gedrückt, um den Schmerz zu lindern, falls er noch Schmerzen empfand, da spürte er hinter sich eine Bewegung und erblickte, hereingetreten aus dem Nebenraum, in dem er gewartet haben musste, den Bruder.

»Haben Sie wieder abgeschlossen?«

»Ja, doppelt. Ich hatte geklopft«, Larsen holte Luft, »der Schlüssel steckt noch.«

»Halb so wild«, der Bruder wies mit dem Daumen auf den Fernseher, offenbar, um zu erfragen, was Larsen hatte wissen wollen.

»Erstaunlich, dass Sie hier draußen Empfang haben«, sagte Larsen schnell.

»Das sagen die Gäste auch.«

»Sie haben Gäste?«

»Ab und an kommen ein paar Spezialkräfte zum Training.«

»Ach so«, Larsen nickte, »und was genau wird da trainiert?«

Schweigend, als wüsste er längst, dass Larsen sich nur dumm stellte, blickte der Bruder ihn an. Er schien zu lächeln dabei, doch sein Gesicht, wie seine ganze Gestalt, war im Gegenlicht zu einer Silhouette verdunkelt, die jede Miene verschluckte.

»Haben Sie sie retten können?«, fragte er schließlich.

»Aber, also, ich dachte, sie liegt im Sterben.«

»Wie kommen Sie darauf?«

»Sie haben es selbst gesagt!«

»Ja, das ist richtig«, der Bruder drehte sich zur Seite, so dass die Sonne endlich sein Gesicht erhellte, »aber nur, um Sie anzuspornen.«

»Verstehe«, Larsen verschränkte die Arme und räusperte sich.

»Kommen Sie mal mit«, sagte der Bruder, und während Larsen noch überlegte, ob er die Schwester nicht doch wieder hätte einsperren sollen, ging der Bruder ins Nebenzimmer, wo eine Leiter aufgestellt war, die hochführte zu einem kaum mannsgroßen Loch in der Decke. Er kletterte voraus, schob eine Holzplatte zur Seite und stieg durch den hereinbrechenden Strahl des Lichts hinaus. Larsen folgte ihm. Auf dem Dach schaukelten Gräser, verbrannte, braune Halme, die sich aus dem Stein hervorgekämpft hatten.

»Hierher«, sagte der Bruder und wies zu zwei Sonnenstühlen und einer Holzkiste, auf der ein Fernglas stand.

»Ausgezeichnete Sicht«, bemerkte Larsen.

»In der Tat«, der Bruder blickte ihn kurz prüfend an, dann hob er das Fernglas an die Augen, »aber zur Sache, wie beurteilen Sie den Zustand meiner Schwester?«

»Nun, ich bin kein Arzt«, meinte Larsen und versuchte zu erkennen, ob der Bruder etwas Bestimmtes im Blick hatte oder bloß den Anschein erwecken wollte, doch mit bloßem Auge war ringsherum niemand zu sehen, kein Wagen, der in Staubwolken gehüllt heranraste, auch kein Mensch, der sich zu Fuß näherte, nichts, nur das bis zum Horizont leer ausgestreckte Land und unten der Esel, der dastand wie zu Stein erstarrt.

»Aber Pater sind Sie, nicht wahr?«

»Ich bemühe mich, einer zu sein, das ist wahr.«

»Also, was können Sie tun?«, der Bruder senkte das Fernglas und blickte ihn fest an, »außer beten, meine ich.«

Um Zeit zu gewinnen, ließ sich Larsen umständlich nieder in den zweiten Sonnenstuhl.

»Wieso«, fragte er schließlich, »rufen Sie eigentlich einen Mann des Glaubens, wenn Sie keine Gebete hören wollen?«

»Sie sind vergesslich, mein Lieber«, der Bruder beugte sich zu der Holzkiste vor.

»Was meinen Sie?«

»Ich habe Sie nicht gerufen«, der Bruder zog eine Zeitung heraus und begann sie auf den Knien beidhändig langsam glattzustreichen, »Sie sind von selbst gekommen.«

»Sie haben Recht«, murmelte Larsen, da er sich nicht streiten wollte, dann erblickte er das gestrige Datum: »Erstaunlich, dass Sie hier draußen so aktuelle Zeitungen haben.«

»Und heute kommt schon die neue.«

»Ach tatsächlich, wann denn?«

»So genau kann man das nicht sagen.«

»Natürlich nicht«, Larsen zwang sich zu einem Lächeln und würgte jede weitere Frage, die die Organisation, Belieferung und Anbindung des Hauses betraf, ab, »wo ist bei Ihnen die Toilette?«

»Ach, wissen Sie«, der Bruder stieß den Kistendeckel hoch und nahm ein Gewehr heraus, »Sie können auch vom Dach scheißen, hier schaut Ihnen höchstens Gott zu.«

Larsen neigte den Kopf, um pikiert zu wirken.

»Ansonsten nehmen Sie halt das Bad am Ende des Gangs«, sagte der Bruder gelangweilt. Larsen erhob sich und lief zum Loch hinüber. Er steckte bis zur Brust im Dach, da sah er, wie der Bruder einen Schalldämpfer auf den Lauf schraubte.

»Doch nicht so dringend?«, fragte dieser, als er bemerkt hatte, dass Larsen ihn beobachtete.

»Ich frage mich nur, wen es hier draußen stören könnte, wenn es knallt?«

»Der Dämpfer ist für das Mündungsfeuer«, erklärte der Bruder, »das blendet im Dunkeln die Augen.«

»Aber es ist doch noch hell.«

Der Bruder warf einen Blick in den Himmel, als müsste er die Behauptung überprüfen.

»Bitte vergessen Sie nicht, einen Vorschlag zur Rettung meiner Schwester auszubrüten«, sagte er dann, »in Ordnung?«

»In Ordnung«, erwiderte Larsen leise, stieg die Leiter hinab, lief unter dem Fernseher, der gerade eine Familie mit Bällen am Strand zeigte, auf den Gang hinaus, hatte eben den Schrank erreicht, da fiel ihm der Koffer ein. Eilig schlich er zurück zum Zimmer der Schwester, spähte durch einen Spalt, sah, dass das Bett leer und das Zimmer verlassen war, trat schnurstracks hinein, raffte den Koffer an sich und rannte zurück zum Schrank, wo sich vielleicht etwas Brauchbares für die Flucht finden würde, neue Kleidung, eine Waffe, doch kaum hatte er die Türen geöffnet, da sah er die Schwester, die sich in den dunklen Kasten drückte.

»Lass mich nie wieder los«, flüsterte sie.

»Was machst du hier?«, flüsterte er zuück.

»Wo ist mein Bruder?«

»Weißt du denn, wer dein Bruder ist?«

»Natürlich«, sagte sie und ließ einen Augenblick lang den Mund offenstehen, »ein jeder Mann ist mein Bruder.«

»Ich kann nichts für dich tun«, stieß Larsen hervor und sie lachte, als hätte er einen Witz gemacht.

»Aber ich für dich«, sie entblößte die Zähne.

»Soll ich die Tür wieder schließen?«, fragte er schnell.

»Wenn du mich zurücklässt«, hauchte sie noch, doch Larsen drückte die Türen zu und rannte los, sprang in den Fahrstuhl, fuhr abwärts in den fünften, sprang wieder hinaus und jagte durch die mit Mülltüten und zertrümmertem Mobiliar überhäuften, nach Verwesung riechenden Stockwerke hinab ins Erdgeschoss, im Eingang blieb er stehen. Spähte durch die Tür. Die Mauer hinauf. Unwahrscheinlich, dass der Gewehrlauf zu sehen wäre, aus dieser Distanz. Wie lange hatte er bis nach unten gebraucht? Der Puls klopfte hart in seinem Kopf. Im Rücken lag totenstill das Treppenhaus. Bis zum Esel waren es sieben, höchstens zehn Meter durch das bereits bordeauxrote Abendlicht. Dann, Minuten, wie es schien, nach einem Schrei auf dem Dach, schlug auf den stillen, von Schatten überwanderten Vorplatz ein Körper, der Bruder. Staub sprang hoch unter den jetzt links und rechts von ihm einschlagenden Geschossen. Dann ein Treffer ins Gesicht. Der Esel schüttelte seine Ohren, stellte sie wieder auf. Da durchzuckte etwas seinen Hals. Eine dunkle Spur lief durch das Fell, versickerte glitzernd im Sand. Steif kippte er zur Seite, schlug auf und scharrte, langsam schwächer werdend, über den Grund, endlich lag er still.

Larsen, den Blick auf die eilig versinkende Sonne geheftet, lauschte ins Treppenhaus. So leise wie möglich, um nicht das geringste Geräusch zu überhören, zog er seine Stiefel aus dem Koffer, drückte behutsam die Füße hinein, dann knöpfte er die Soutane von unten bis zur Mitte auf und knotete die beiden Hälften fest um seine Taille. So wartete er, bis die Schatten der Häuser gegenüber sich meterlang ausgestreckt hatten, langsam mit der Dämmerung verwischten und endlich ganz darin verschwunden waren.

Das Haus war still. Still auch der Weg, das Land und die Gebüsche. Er packte zwei Stuhlbeine in eine Plastiktüte und schleuderte sie in hohem Bogen nach links in die

Luft. Als sie auf den Boden traf, warf er sich nach rechts in die Gebüsche, kämpfte sich drei, vier, fünf Schritte voran, presste sich an die Mauer, lauschte. Ob eine Kugel durch die Blätter sirrte. Doch bloß sein Atem war zu hören. Er schloss die Lippen, rannte weiter, Stacheln kratzten über sein Gesicht, er blieb stehen. Wieder lauschte er. Doch wieder nichts zu hören.

Am Ende des Gebäudes, nachdem er eine Weile, eine halbe Stunde vielleicht, dagehockt hatte, angestrengt in die Nacht starrend, die keinerlei Unterschied bot, lauschend auf die Stimme der Schwester, die aber nicht zu hören war, kein Ruf, der ihm folgte, kein Schrei, nichts, da rannte er los, querfeldein, Haken schlagend, plötzlich sich duckend, zu Boden werfend, geschützt allein durch den Koffer, dann weiter, immer weiter, doch es fiel, auch wenn er darauf wartete, kein Schuss.

Nizza

Nach dem Angriff reiste sie nach Nizza. Mit leichtem Fieber und von Finsternissen durchschauerter Sicht taumelte sie an melonenfarbenen Häusern und mintgrünen Fensterläden vorbei. Schließlich stand sie in einer Straße, die von nichts erfüllt war als von weißem Sonnenlicht. Blinzelnd schaute sie drei Französinnen nach, die mit statuenhaften Gesichtern vorübereilten. Später im Hotel, als sie auf dem Balkon stand, trank sie noch ein letztes Glas Champagner und noch ein letztes Glas Champagner und noch ein letztes Glas Champagner und noch ein letztes Glas Champagner.

In den Bergen

Nach einem Film von *Dario Argento*

Ob sie stumm aufschaut zu den verschneiten Spitzen der Berge oder ob sie, die Hände vorgestreckt, über die Wiesen stolpert und singt, das, mein liebes Gedächtnis, habe ich vergessen, ich danke dir dafür. Gleichfalls, ob ein Mörder hinter ihr sein Auge in der Klinge spiegelt. Wer diese Ungenauigkeit, die, übrigens, eine Melone trägt, scheut, den bitte ich, die Lektüre, nein, nicht abzubrechen, sondern augenblicklich auszulöschen durch einen Schlag mit dem Hammer auf die Stirn. Der Rest aber möge weiterlesen, oder hören, wie das Mädchen, das ich vor Jahren sah in diesem Film, durch eine frische, aber fremde, zudem besessen flüsternde Wiese barfüßig tappt. Und zwar in einem käsebleichen Nachthimmel, nein, Hemd, einem Kleidchen zur Nacht, ringsum der blaue Alpentag. Jetzt kugelt sie die Augen weiß, schneeweiß, und schaut sich in den Kopf. Aber Achtung, unter ihrem Fuß, da spürt sie was. Was ist es? Es ist die Ameise einer sie zu einer Hütte heimlich hinführenden Ameisenstraße des Unheils. Abblätternde Farbzungen, rostrot, die im Wind lecken. Eine die Knochen erschreckende Stille der Berge. Könnte es sprechen, mein dunkel erinnertes Mädchen, es sagte sicher, dass es im Schlaf allein hingeht, wohin meine Augen es führen. Oder einen anderen Satz zur Verwirrung des Verstandes. Oder gar keinen Satz zur Verwirrung des Verstandes. Nur der Himmel und die Lippen, diese bläulich leuchtenden Lippen, an die ich gerne meine Ohren legte. Schon steht sie vor der Hütte. Lautlos schwingt die Tür ins Dunkel.

Lichtbahnen, die durch die Bretterschlitze fahren. Jetzt ist sie eingetreten. Doch woher sie kommt und was sie sucht, oder wen, und welche Bilder dazwischen liegen, Bilder weicher Bäuche und Bilder schnell vorangestoßener Scheren, das ist vergessen, längst vergessen. Sie geht, bis sie an einen Menschen stößt. Der trägt ein staubgraues Hemd auf der Haut und der trägt eine staubgraue Haut unterm Hemd und der regt weder den Mund, in dem das Fleisch der Zunge glänzt, noch die glasig eingestarrten Augen. Und mein Mädchen? Es könnte einen Mast verschlucken, ach was, ein ganzes Segelschiff, so erschrocken ist sie jetzt. Fürchte dich nicht, will ich sagen, nein, schreien, denn ich, ich bleibe bei dir immerdar. Da aber sehe ich die Geigensaite, seit Jahren diese Geigensaite, die sich aus der Seidenfläche des toten Halses jäh stramm spannt. Und kaum dass der Leichnam in die Höhe schnellt und mein Mädchen niederreißt auf den von Insekten knackenden Boden, stehle ich mich, da mir niemand hinterrücks einen Eisenring um meinen Hals geschlossen hat, so dass ich zuschauen muss, davon, schließe die Tür und jage fort über die manisch flüsternde Wiese, hätte, hätte, flüstert sie, rase den von Tannen und Farnen grün und kalt und feucht überwucherten Berg hinunter in das Tal und werfe mich, blind vor Tränen, in die erste Hütte am Weg. Sperren Sie mich in Ihren Keller, rufe ich und senke die Stirn auf die Bohlen. Dort will ich starr und bleich im Dunkeln liegen, denn ich habe falsch gehandelt. Still ist es jetzt, nur der Atem füllt die Ohren. Doch kaum dass ich den Kopf anhebe, gleiten mir Hände entgegen, Tatzen, und ein seit Jahren nicht rasierter Bär zieht mich in die Höhe und stößt mich hinaus und schlägt die Tür ins Schloss. Aber ich habe falsch gehandelt, schreie ich, doch die Tür bleibt verschlossen und der Satz verklingt ohne Wirkung im Grün der Nadeln des Walds.

Das Ende

Nicht mehr lang und sie hätte den Schimmel entdeckt. In seinen Falten wuchs er in die Höhe. Nach all den Tagen und Wochen, an denen das Wasser an ihm heruntergeperlt war, würde er nun verbrannt. Keinesfalls wollte er gesäubert werden, um das Ende rauszuzögern. Manchmal zu Beginn, wenn die Luft unter dem Türschlitz hereinströmte, gelang es ihm, sich an ihren Hintern zu kleben. Unbegreiflich, was ihn dort hinzog. Aber welcher Duschvorhang kennt den Grund seiner Lüste? Sie ließ es geschehen, zumindest die ersten Male. Später beschwerte sie ihn mit ihrem Fichtenshampoo, so dass er hilflos vor ihr hing. In der letzten Zeit stieß sie ihn bloß von sich, boxte ihn schließlich mit einer solchen Wucht, dass ihm, wenn er in den Raum aufwallte und raschelnd wieder heruntersank, war, als würde sie ihn lieben. Er wusste noch genau, wie sie ihn, nachdem er in der eingeschweißten Plastikfolie leblos vor sich hingewest hatte, befreit, an die Haken geklippt und auf die Stange geschoben hatte. Zwar begann, sobald er dem Wasser ausgesetzt war, der Verfall, schon nach wenigen Tagen waren am Saum die ersten schwarzen Pünktchen aufgeblüht, aber er war doch da, endlich da, wo er hingehörte.

Letzte Liebe

Es geht nirgends hin als in dieses Zimmer mit dem Schild an der Tür, auf dem steht, dass Ruhe herrschen soll, denn nichts soll herrschen als Ruhe, hörst du nicht, begreifst du nicht, dass niemand stören darf, weder die Lider am Morgen, die aufschlagen beim geringsten Geräusch, noch am Abend die Beine, die immer noch nicht liegen wollen, liegen können, laufen müssen, humpeln, hampeln, rasen, ein Jahr lang über die Gehwege, auf denen gut gehen war, doch sobald sie die Halle betreten, das Hotel, ein Zimmer längst erloschner Tage, spricht er im Container, ist endlich alles still, das rechte Bein liegt still, das linke Bein liegt still, und die Hände, die Finger, sie falten sich und beginnen zu beten, dass auch die Hüfte still werde, diese meine Hüfte hier, die noch in dem Zimmer, dem Dunkel darin, in der Stille, hochstößt und herunterschlägt, wie wenn zwei sich zueinanderlegen, und die Matratze federn lässt, denn er findet keine Ruhe, immer fester federn lässt, so dass wenige Sekunden, nachdem er das Zimmer erreicht, wenige Sekunden, nachdem er still im Dunkeln liegt, auf dem Rücken, ich liege auf dem Rücken im Dunkeln, alles in die Luft geht, denn plötzlich geht alles in die Luft, und auf steigt der Körper als Geschoss, durchbricht jede Decke, unter der jemand liegt, sind denn alle, singt, wer da liegt, sind denn alle, die lieben, durchbricht jeden Boden, auf dem jemand kriecht, jemand, der sich geschnitten hat, an den Scherben einer zerschmetterten Flasche vielleicht, doch schon platzen Ziegel zur Seite, Splitter stürzen, und weiter geht die Bahn, durchs Dach hinauf ins Blau der Kuppel, die nächtlich verblasst und den Blick freigibt in die gute Weltallstube, in der er, er allein, auf dem Rücken liegen wird, im Dunkeln erstarrt, und schwebend vergeben, denn ihm wird vergeben werden, wenn auch beileibe nicht hier unten, auf diesem Pflaster, das seine Schritte zählt, das sind sechzig mal sechzig Schritte hinüber ins Hotel, denn erst in der Erdumlaufbahn, ein stiller Begleiter des Planeten, wird ihm vergeben werden, denn dort wird er bleiben und kehrt nicht mehr zurück, wird bleiben immerdar und kehrt nicht mehr zurück, nicht einmal als verglühende Schnuppe, die einen letzten Bogen zieht über die Tische der Restaurantterrassen, hinweg über die Köpfe, die Münder, in denen die Bissen verschwinden, eine abgestochene, erschrocken auf die Kacheln gesackte Kuh, die zu singen anhebt, sind denn alle, singt die Kuh, sind denn alle, die lieben, singt sie, ein Happen auf dem Teller, auf der Gabel, der in den Säften des Magens zerfasert, sich durch die Därme wühlt, dem Ausgang zu, ans Licht quillt und niederplumpst in die Kanäle unter den Gehwegen, auf denen einer geht, schon seit über einem Jahr, Schritt für Schritt den ganzen Tag, und der morgens vor der Müllabfuhr schnell aus dem Container springt, verklebt mit dem pilzigen, rottenden Müll, in dem ich jetzt zu wohnen habe, sagt er, und endlich zu vergehen, denn zu wohnen hab ich gar nicht mehr, nur zu gehen noch, sagt er laut und lässt sich weiterziehen von einer vorangeworfenen Tüte, in der es klirrt, das sind fünf Flaschen, verkündet er und wischt sich den Schimmel fort, denn aus den Winkeln seines Mundes ästelt sich ein erster, sterngleich in die Wangen ausgreifender Schimmelpilz, fünf Flaschen, damit endlich Ruhe herrscht, hörst du nicht, begreifst du nicht, eine mit jedem Schluck sich weiter beruhigende Ruhe, eine Weltraumruhe, die jeden Gesang zum Schweigen bringt, und die die Glieder löst, und die den Leib versinken lässt, in der Matratze, heruntersickern durch die Böden, in den Grund, hier und jetzt in diesem für vierundzwanzig Stunden und vielleicht ja bis zum Ende, wenn alles zusammenkommt, abgeschlossenen Zimmer, in dem ich auf dem Rücken liege, denn ich werde auf dem Rücken liegen, still auf dem Rücken im Dunkeln, sobald man mich hereinlässt, ins Zimmer herein, das längst erloschen ist, zurückgeflossen wie eine vor Jahren, ungezählten Jahren blau auf den Strand geglittene Wellenzunge, doch herein lässt ihn jetzt niemand mehr, es sei denn in die Kanäle, in denen die Abwässer rauschen, oder in die morgens entleerten Container, aber in eines unserer Zimmer, da kommt er nicht herein, auch dann nicht, wenn sechzig Münzen in seiner Mütze klimpern, nicht einmal dann, wenn ein ganzer Ärztestab bescheinigt, dass einzig in einem unserer Zimmer seine Beine, die faulenden Waden, die fasse ich bestimmt nicht an, zur Ruhe kämen, so dass er liegen kann, daliegen, still daliegen kann, bis alles zusammenkommt, denn am Ende, verkündet er und wirft die Tüte voran, kommt alles zusammen, und dieses Zimmer wird, kaum dass ich es betrete, dieses Zimmer wird, sobald ich darin bete, auf dem Rücken mit gefalteten Händen, durch die Geschosse sinken, in die Keller, wo die Leichen lagern und sich alles vermischt, und weiter nichts, denn dieses Zimmer, es möge versinken, und weiter nichts, nichts mehr außer diesem Hotel, das langsam versinke in der Straße, niederfahre in die Erde, den Erdball, denn auch das Hotel, sobald ich es betrete, mit fünf Flaschen, sobald ich darin bete, mit fünf Flaschen auf dem Nachttisch, möge versinken, zwischen den Häusern dieser Straße, die früher oder später, eher früher, und je früher desto besser, und am besten mit aller Gewalt, gesprengt werden mögen, zertrümmert und abtransportiert auf die Bauschutthalden vor der Stadt, fernab der Gehwege, auf denen gut gehen war, als das Gehen noch gut war, auf dem Weg in die Wohnung, die weißen Arme, aus deren Haut die Adern quillen, dunkle Kanäle, in denen es rauscht, doch im Grunde war alles gehen gut, denn ein jeder Schritt, der vorangeht, ist ein Schritt, der vorangeht, weil ein jeder Schritt, der vorangeht, tanz mich ans Ende der Liebe, ein Tanzschritt ist, selbst jener noch, der der vorangeworfenen Tüte folgt, den fünf Flaschen darin, Flaschen voller Geister, die nach Vermischung dürsten, denn ich sage, alle Geister dürsten nach Vermischung, und alle Gespenster dürsten nach Erstarrung, oder etwa umgekehrt, oder etwa umgekehrt, aber jetzt wird gesungen, laut gesungen wird, wenn auch bestimmt nicht hier, auf den Terrassen unseres Restaurants, wo sich unterhalten wird, gegessen und getrunken wird, gelacht und fortgegangen im Gelächter, denn Sie, mein Lieber, gehen fort oder fliegen, fliegen raus, auf die Straße, wo geschrien werden darf, dass der Weltraum zittert, oder wo immer jemand steckt, dem alles, Gestank wie Geschrei, zu vergeben möglich ist, selbst einen knallroten Saft, der auf die Kacheln stürzt, aus dem Schlitz im zarten Gurgelfleisch, in der Früh, als du fortgehen willst, doch mir wird niemand vergeben, einerlei wie laut gesungen wird, geschwiegen und gebrüllt, sind denn alle, singen wir, sind denn alle, die lieben, singen wir und werfen die Tüte voran, sind denn alle, die lieben und ihre Geliebten vermissen, singen wir und stolpern der Tüte hinterher, den Geistern darin, zu denen ich bete, bleibet bei mir und lasst mich nicht allein, zu den Gespenstern in der Tüte, weichet von mir und lasst mich allein, sind denn alle, die lieben und ihre Geliebten vermissen, von Sinnen wie ich, noch einmal, sind denn alle, die lieben und ihre Geliebten vermissen, von Sinnen wie ich, wie ich und du und die geliebte Kuh, die, kaum dass die Klinge durch die Kehle geht, die Haut und die Adern, verstummt, es dunkel auf die Kacheln spritzt, meine Liebe, aufgeschlitzt und angebraten, am häuslichen Herd oder in den Sommerküchen der Restaurants, wenn die Container voller Gärung sind, ein Fleisch, in das sich spitz die Zähne senken, zerfaserte Bissen, die hinuntergleiten und sich auflösen, die wieder ans Licht quellen und ockerbraun die Röhren durchrauschen, die Kanäle unter den Gehwegen, auf denen gut gehen war und über denen nachts die Kuppel verblasst und den Blick freigibt, hinauf in den Weltraum, das herrliche All, das aber niemandem hilft, der einer Rezeption erklärt, dass er ein Zimmer brauche, ein ruhiges, ein längst erloschnes, ein eingestaubtes Urlaubszimmer, in dem die Beine, diese meine Beine hier, fassen Sie mal an, zur Ruhe kommen werden, und in dem fünf Flaschen auf dem Nachttisch stehen, von mir bezahlte Flaschen, neben denen einer liegt, ich allein, der die Sekunden zählt, bis sich alles vermischt, denn wir alle dürsten nach Vermischung, verkündet er, nach einer alles umfassenden, jeden vor Schweiß glänzenden Schenkel, jede rot gestochene Rückenlandschaft, jeden leer blickend auf die Kacheln gestürzten Körper umfassenden Vermischung, und ich zähle die Sekunden, bis sich alles vermischt, zehn Sekunden zähle ich, zwanzig, fünfundzwanzig, dreißig, dreißig Sekunden noch, bis es still sein wird und sich alles vermischt, oder sechzig, oder sechzig mal sechzig Sekunden, bis fünf Flaschen in dir fließen, das sind dreitausendsechshundert Sekunden voller Gespenster, voller Geister, die unter dem Bett, dem Boden, und tief unter den Gehwegen, durch die Erde fließen, während die Schimmelflechte weiter hervorschäumt aus den Winkeln seines Mundes, das Wangenfeld erobert, Blasen schlägt, gelblich glitzernde, beim ersten Lächeln zerreißende Blasen, hinter denen sich die Zähne zeigen, ein schwärzliches Gebiss, während der Container langsam den Boden verlässt, abhebt zur Sphäre der Vergebung, gerüttelt wird, geschüttelt wird, sich schräg legt in der Luft und bald kopfüber steht, mein Raumschiff, der Container, in dem alles zusammenkommt, denn am Ende, meine Liebe, zumindest, wenn es ein Ende gibt, aber wenn, hörst du nicht, begreifst du nicht, kommt alles wieder zusammen.

Ein alter Schuh ist auch ein alter Freund

Entzündung. Ich suche eine Art zu erzählen, die die Sinne entzündet. Die die Ohren öffnet. Für die Stimmen unterm Schuh, zum Beispiel. Leiden Sie an Üblichkeit?, flüstern sie, sobald ich meine Sohle hebe. Und die die Augen schärft. Für das Amokschwert, zum Beispiel, das über meinem Kopfe schwebt. Doch wenn ich sie erklären will, diese Art, dann öffnet sich, und zwar zwischen meinen Füßen, und zwar wie ein Mund, der Boden, der garstige Graben tut sich auf, in dessen Tiefe nur ein Teelicht flackert. Denn jede Geschichte, die sich ganz oder gar nicht erhellt, im Lesen wie im Schreiben, wird leblos auf die Erde sinken.

Orientierung. Wer in der erzählten Welt orientiert zu sein verlangt wie in der wahrscheinlichen, statt sich zu, sagen wir, verlaufen, verlieren, verändern, kann auf seinen vier Buchstaben dumm sitzen bleiben. So lang, bis ihn seine Couch verschlingt. Mit einem Happs. Denn die wahrscheinliche ist immer auch die unwahrscheinlich rätselhafte, die unheimlich schmatzende, die wirr verwinkelte Welt.

Irrläufer. Anders als der Witz, der uns im Lachen verbindet, kennt der Irrwitz keinen Adressaten. Er verbindet auch nicht, sondern trennt. Allerdings gibt es Spielräume des Irrwitzes, denen man sich aussetzen kann, und das sind, fürchte ich, sämtliche Räume der Welt. Es ist eine Frage der Aufmerksamkeit oder mehr noch des Zerstreutseins. Aber der Grund des Irrwitzes liegt nicht in diesen Räumen, sondern in der Geschichte, und das ist die Geschichte eines

Körpers. Sie wurde gebildet und bildet sich weiter im Lauf der müde um sich selbst und noch müder um die Sonne kreisenden Erde. Sobald sie neue Kraft gewinnt, wird sie die Eigendrehung hochschrauben, so hoch, dass alle Verunsicherer und alle Verunsicherten, alle Zerquetscher und alle Zerquetschten, kurzum dass alle zu allen Seiten fortgeschleudert werden von diesem nun endlich aus seiner Bahn abgeschwenkten Planeten. Oder sagen wir einfach, der Irrwitz ist ein Blitz zwischen Körper und Welt, der alles verdunkelt.

Schwelle. Siehst du diesen Fuß, der, kaum über die Schwelle ins Haus getreten, die Zehen ins Fußbett krallt und Ersatz sucht für den in Luft, nichts als lustige Luft, aufgelösten Boden?

Erfahrung. Wie oft ich auch in die Berge gehe, dreimal, viermal, fünfmal, ob ich Erfahrungen mache, womöglich die Erfahrung der Berge, ist nicht gewiss. Und es würde nicht gewisser, wenn die Berge, statt aus der Linderstedter Heide, wo die Heidschnucken wohnen, aus dem Herzen Afrikas stiegen. Und genauso wenig, wenn ich, statt in die Berge zu gehen, etwas läse, und sei es eine Erzählung, oder schriebe, und sei es eine Erzählung, die in den Bergen spielt, und sei es sogar, ich läse, oder schriebe, diese Erzählung, die in den Bergen spielt, in den Bergen. Und doch kann ich mich Erfahrungsräumen aussetzen, diesen Landschaften, zum Beispiel, die tischflach über den Horizont ragen bis in den Weltraum, oder den Röhren der Kanalisation, die labyrinthisch die Erde durchlaufen, Figuren verbergen, solche zum Beispiel, deren Schneidezähne bereits das Kinn berühren, da sie hier überwintern, seit Jahren schon, auch übersommern, ja, das kann ich machen. Und genau dort kann etwas, nur weiß ich nicht was, und auch nicht wodurch, verursacht werden, etwas, das erzählt werden kann, oder sogar muss, in wie sorgfältig aufgeperlten, in wie erschrocken aus dem Satz springenden, in wie sehr sich zu Tode schweigenden Worten auch immer.

Umwege gehen, auf dem Rücken liegen, die Trauer an der Begierde lichten.

Bestimmung. Jeder Satz scheint mir von einer Bewegung bestimmt, die sich selber nicht bestimmen lässt. Nein, auch besingen nicht. Denn es gibt keinen Gesang, der hochsteigt in das Zirkuszelt des Himmels, wo der Direktor, mit stumm nach vorn geworfener Stirn, die Glocke anschlägt, und zwar zur Versöhnung. Nur den Klang einer Stimme höre ich, mehr noch von Sätzen, der nicht aufgeht in dem, was diese sagen, sondern darüber hinaus, hoffe ich, Räume verflüssigen kann, ein jedes Zimmer einer jeden Wohnung, eine jede Wohnung eines jeden Hauses, ein jedes Haus einer jeden Stadt, verflüssigen zu dem, was er sein könnte, dieser Raum, Zeiten auch, Hunde auch und auch auf geschmierten Sohlen in Schlachtgruben hinuntergleitende Persönlichkeiten.

Jubel. Vielleicht muss man die Ansprüche herabsetzen, um sie zu erhöhen. Vielleicht dreht es sich, statt um Freiheit, nur um Befreiung. Aber nicht von einem Abfuhrwagen, aus dem heraus zwei Menschen stürzen, lieblich flackernd und so weiter, auch nicht von drei vor Trauer jäh einen Meter in die Länge gewachsenen Mädchen, die garstige Gräben überspringen, im Gleichschritt und so fort, und erst Recht nicht von den Zeigern, die an der Küchenuhr propellern, bis diese durch das Fenster schwirrt. Vielleicht dreht es sich bloß um die Befreiung von diesem erzählerischen Jubel, der sich frei glaubt von der wahrscheinlichen Welt.

Andalusien. Das erste Foto von Chris Marker, das ich sehe, als ich eine Seite umschlage, lässt ihn umgehend aus dem Nebel treten, in dem er bisher schwebte. Augenblicklich erscheint er als bestimmte Person. Doch je länger ich hinschaue, desto mehr sinkt er ins Bild zurück. Vielleicht ist es wie mit der Kamera, die eine Person, statt sie mit einem Schuss zu etablieren, länger im Auge behält. Bis schließlich selbst die Falten auffallen, Hemdfalten, die über die Brust kriechen bis unter das Jackett, Linien im Gesicht, die sich an den Mundwinkeln vorbeikrümmen, von der Nase zum Kiefer herab. Immer wieder, im Wechsel des Lichts, versinken sie in der Haut, und sobald sie wieder zu sehen sind, fällt mir der andalusische Zeichenunterricht ein, wo wir über Stunden stur hingestarrt haben auf die Schattenzone unter dem Auge einer Büste, so ein läppisches Grau, das sich plötzlich teilte, wie eine Zelle, noch einmal und noch einmal, und schon zersplittert war in eine solche Überzahl an Unterschieden, dass uns die Augen übergingen.

Alles einfach sagen. Und weiter nichts.

Handlung, Tatengeflecht der Figuren, das Geschehen, um genau zu sein, genauso wie, jetzt möchte ich sagen, jede selbst verfasste Bewegung lebendiger Personen. Anders als diese sind Figuren stets eingewoben in ein Geschehen, das, wie verwickelt es auch sei, doch überblickt werden kann. In der wahrscheinlichen Welt hingegen stößt die Behauptung eines geschlossenen Geschehens, als das ein Leben auf sein Ende zulaufe und von dem es, leuchtturmgleich, überblickt werden könne, stets an die Wand eines Zimmers, die, spät in der Nacht oder früh am Abend, eigentlich immer, aufklappen kann in hell brausende, soeben die Anker lichtende Nebenwohnungen. Das zeigt sich gleichfalls in der erzählten Welt, nicht bloß bei der Frage, wie erzählt wurde, ob blau in die Weite gestromert oder mit am Reißbrett streng zusammengestellten Hacken, sondern vor allem daran, dass eine erzählte Welt sich kraft ihrer Geschlossenheit ausdehnt, oder zumindest sich auszudehnen im Stande ist, oder sein sollte, bis in den kleinsten Tropfen Gischt, der aufschlägt auf dem Ozean. Doch auch in der wahrscheinlichen, fürchte ich, droht die Geschlossenheit der erzählten Welt. Rückblickend läuft alles zu auf diesen Augenblick, da einer, der Luft schnappen will, aus dem Fenster stürzt, gestoßen von seinem Abteilungsleiter, der freilich selber stürzte, nämlich über den Fuß eines Leiters der Abteilungsleiter, der soeben rasend seine Route kreuzte, aufgejagt durch die unerforschlichen Laute aus der Leitung des Obersten Leiters aller Leiter der Abteilungsleiter, dem nämlich eine Fliege, kaum den Hörer am Ohr, in den Mund geflogen war. Und nun stehen wir alle an den Fenstern, verwundert, wieso auf der Stirn dessen, der da vorüberstürzt, in schamroten Lettern der Gedanke aufblinkt: Dieser Sturz ist nur gerecht, denn außer mir ist niemand schuld.

Wer schreibt, explodiert nicht buchstäblich. Ja, das wissen wir. Trotzdem darf daran erinnert werden, dass in eben dieser verhinderten Explosion, gezündet, zum Beispiel, auf einem der einhundertsiebzig eingeseiften Wege, die hinaufführen zu dem durch nichts als selbstbestimmte Tellerwäscherei zu erreichenden Sieg, ein schnell verleugnetes Moment liegt, nämlich jenes der Wahrhaftigkeit. Nein, sie lässt sich nicht nachweisen, weder durch allmorgendliche Niederwerfungen an den Orten, von denen erzählt wurde, noch durch ein Kreuzverhör des Autors, na und?

Hammirschon. Der heilige Schreber berichtet vom Aufschreibesystem, dem Glauben seiner Stimmen, »mit dem Aufschreiben den bei mir möglichen Gedankenvorrath erschöpfen zu können, sodaß schließlich einmal ein Zeitpunkt kommen müsse, wo neue Gedanken bei mir nicht mehr zum Vorschein kommen können«. Der Irrwitz des Aufschreibesystems, das mehr zu fassen scheint, als bloß Gedanken, liegt in der Blindheit für die Quelle des Aufzuschreibenden, einer womöglich untergründig pumpenden Wunde, und doch bewahrt es die Hoffnung, dass im Schreiben Heilung liege. Vielleicht muss man sich damit zufrieden geben, dass nicht die Wunde selbst, sondern bloß, was sie absondert, gelöst und hinausgetrieben werden kann über die Erzählstromschnellen, in einen Ozean ich weiß nicht welcher Art, in dem es sich verdünnt, verliert und endlich auflöst im Vergessen. Nein, das ist falsch.

Gelichter. Wen die Kluft zwischen dem Licht heute morgen um sechs Uhr einunddreißig und dem Licht heute morgen um sechs Uhr einunddreißig, nicht erschüttert, der möge in Kügelchen zerfallen, tausend grüne Kügelchen, die den Bürgersteig hinunterhüpfen bis zum nächsten Spielzeugladen.

Notwendiger Zufall. Vor einigen Jahren in Neapel habe ich mich gefragt, was das eigentlich wäre, ein notwendiger Zufall, bis heute weiß ich es nicht. Um es herauszufinden, jetzt ist es klar, hätte ich, wie mir geraten wurde, meine Schuhe im Hafen versenken sollen. Besonders der rechte sei schon eine Art gestrandete Persönlichkeit gewesen.

Neapel

Irgendwo außerhalb des Zentrums soll es einen berühmten Boxclub geben. Wir schlagen uns lieber auf der Straße. Die Häuser hier zerfallen und bleiben doch stehen. Aber da vorn liegt schon das Meer.

Anmerkungen

Abschließender Bericht von Land enthält Zitate aus Psalm 23 sowie aus der indischen Weisheit: »Sitzen ist besser als stehen und liegen ist besser als sitzen, aber am besten ist tot sein.«

Hochseezeit ist eine Verschlingung des leider noch unpublizierten Textes *Und das Erlebnisgeschenk?* von Jan Imgrund.

Die Herrin enthält ein Zitat von Karlotta Gesche Boldt: »Mein ganzer Körper tut weh.«

Weitergehenundrehen verarbeitet ein Zitat aus *Gesellschaft* von Samuel Beckett: »Du liegst auf dem Rücken im Dunkeln.«

Über den Fuchs enthält ein Zitat aus einem Wikipediaeintrag über Füchse, der aber so nicht mehr zu finden ist.

Zettel in der Hose ist eine Verschlingung des leider noch unpublizierten Textes *RollenRollenRollen* von Mathias Traxler.

Letzte Liebe verarbeitet ein Zitat aus dem Lied *Dort drüben auf dem Berg brennt ein Leuchtfeuer* von Selim Sesler & İdil Üner: »Sind denn alle, die lieben und ihre Geliebten vermissen, von Sinnen wie ich?«

Ein alter Schuh ist auch ein alter Freund enthält ein Zitat von Daniel Paul Schreber aus seinem Buch *Denkwürdigkeiten eines Nervenkranken.*

Folgende Erzählungen sind bereits in relativ ähnlichen oder unähnlichen Zuständen erschienen:

Der Verkrustete, Der Morgendliche, Die Winterliche, Der Niedliche, in: Idiome 6, 2013

Abschließender Bericht von Land, in: Edit, Nr. 46, 2008

Urlaub, SWR2-Matinee, 2014

Feierabend, in: Edit 54/55, 2011

Die tote Socke, in: Dum 56, 2010

Das Fest, Johanna von den Engeln, In den Bergen, in: *Metonymie*, Anthologie, Hg. Norbert Lange, Verlagshaus J. Frank, 2013

Der Finger, in: STILL 3, 2014

Befragung eines gefallenen Fußgängers, in: Belletristik 10, 2010

Weitergehenunddrehen, in: Bella Triste, 22, 2008

Der Nachbar, in: Lauter Niemand 11, 2011

Betrachtung des zu Tode gekommenen Menschen in der Gaststätte Willy Bresch, Ein alter Schuh ist auch ein alter Freund, in: Manuskripte, 182, 2008

Schnee, unter dem Titel *Letzten Winter*, in: Segebl@tt 3, 2010

Gefahr des lockigen Wegs, in: Sprachgebunden, 4, 2007

Über den Fuchs, in: Randnummer 2, 2010

Marie, unter dem Titel *Larsen*, in: *Covering Onetti*, Anthologie, Hg. Moritz Malsch u. a., Lettretage-Verlag, 2009

Letzte Liebe, in: Idiome 2, 2009